U0930686

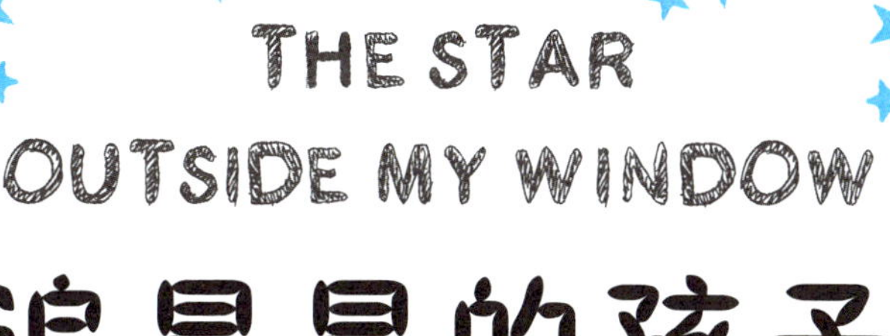

THE STAR OUTSIDE MY WINDOW
追星星的孩子

Onjali Q. Raúf
[英] 昂加利·Q. 劳夫 著
洪丹莎 陈拔萃 译

天津出版传媒集团
天津人民出版社

图书在版编目（CIP）数据

追星星的孩子 / (英) 昂加利 · Q. 劳夫著 ; 洪丹莎 , 陈拔萃译 . -- 天津 : 天津人民出版社 , 2021.1（2025.7 重印）
书名原文 : THE STAR OUTSIDE MY WINDOW
ISBN 978-7-201-16807-4

Ⅰ . ①追… Ⅱ . ①昂… ②洪… ③陈… Ⅲ . ①儿童小说 – 中篇小说 – 英国 – 现代 Ⅳ . ① I561.84

中国版本图书馆 CIP 数据核字 (2020) 第 239042 号

著作权合同登记号：图字 02-2020-325

追星星的孩子
ZHUI XINGXING DE HAIZI
［英］昂加利 • Q. 劳夫 著　洪丹沙　陈拔萃 译

出　　版　天津人民出版社
出 版 人　刘锦泉
地　　址　天津市和平区西康路 35 号康岳大厦
邮政编码　300051
邮购电话　（022）23332469
电子信箱　reader@tjrmcbs.com

责任编辑　章　赪
封面设计　吴黛君

制版印刷　三河市兴博印务有限公司
经　　销　新华书店
开　　本　620 毫米 × 889 毫米　1/16
印　　张　15
字　　数　172 千字
版次印次　2021 年 1 月第 1 版　2025 年 7 月第 8 次印刷
定　　价　49.00 元

写在起飞之前

这是一本适合每一个人阅读的书。

但它也可能让那些正在目睹或遭受家庭暴力的人伤心，让那些由于遭遇变故而不得不勇敢和坚强生活的人情绪低落。

如果你正在经历这样的困难，或担心你的朋友陷入这样的困境，请翻到本书的最后，要知道在这个世界上，有人已经准备好了为你和你爱的人提供帮助。无论你或你爱的人年龄多大或多小。

将我们所有的爱和星尘赠予你。

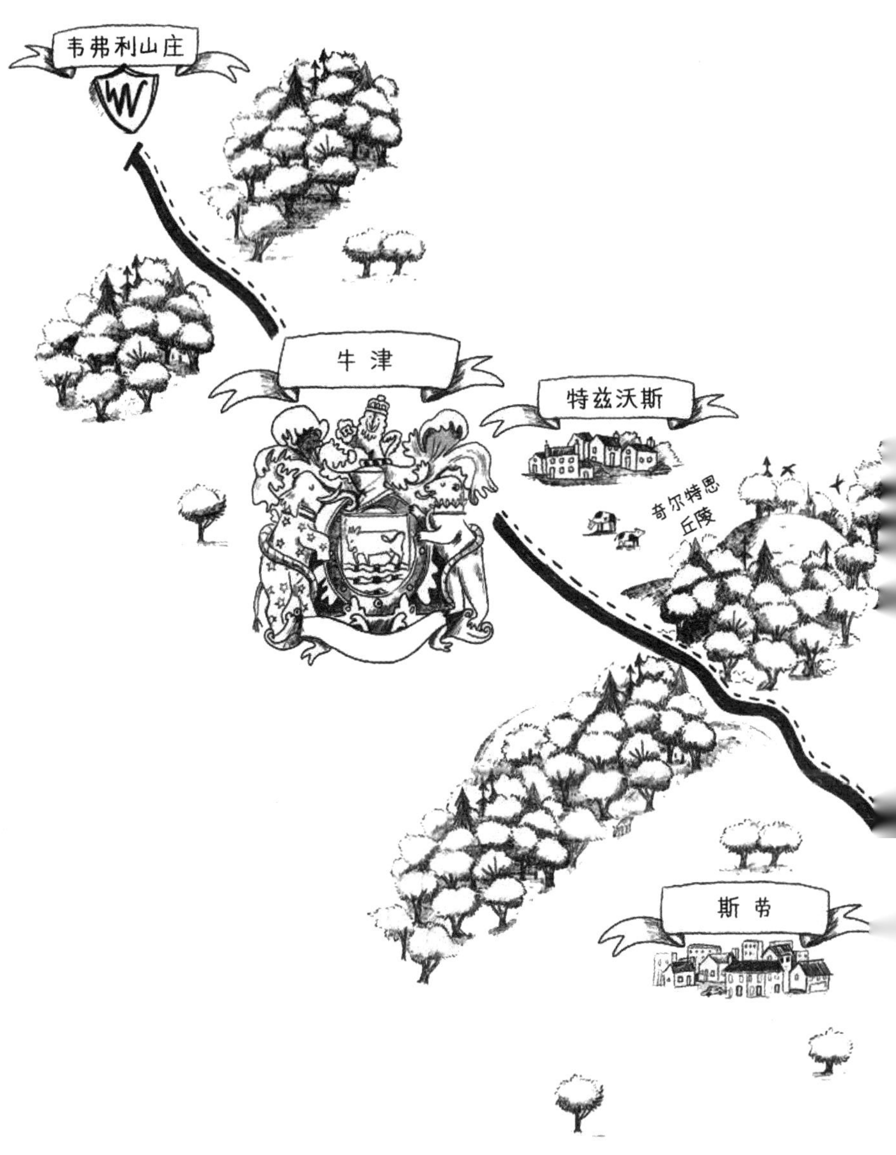
韦弗利山庄
牛津
特兹沃斯
奇尔特恩
丘陵
斯劳

自行车环游路线图

从韦弗利山庄到格林尼治

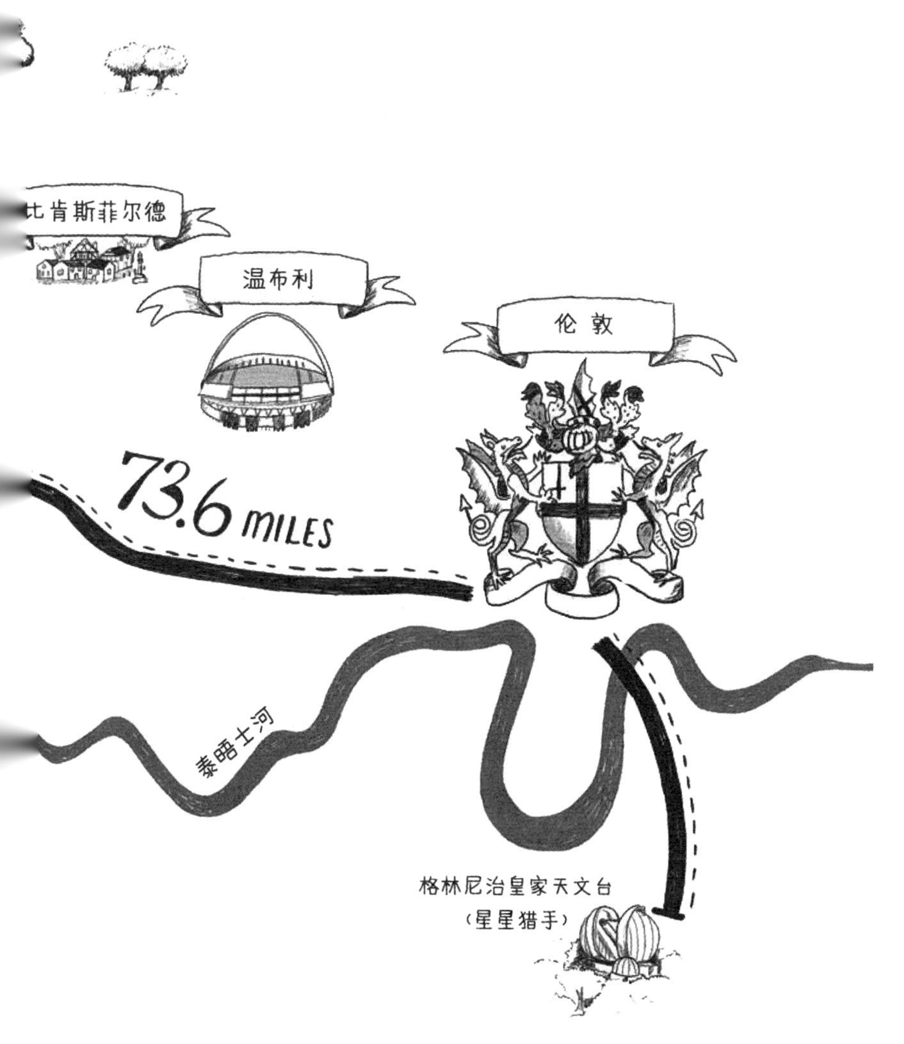

小黄瓜
大本钟
圣保罗大教堂
白金汉宫
伦敦塔桥
碎片大厦
伦敦眼

伦敦塔
格林尼治
河底步道
国家航海
博物馆
卡蒂萨克号
女王的家
格林尼治
皇家天文台

献给

我的阿姨——玛穆塔西娜 · 鲁玛 · 詹娜特。

她的星星就在月亮身旁。

献给

她身后留下的两道光。

献给

所有曾受家庭 * 暴力摧残的孩子。

献给

我的母亲和扎克。永远爱你们。

*本书作者并不想把“家庭”与“暴力”搭配在一起。因为一旦冠上了“家庭”的名头，暴力事件就变成了一桩“家事”，而“家事”通常是人们的隐私，但“暴力”实际上是在犯罪；并且这也会让家庭暴力的受害者羞于谈论此事。然而由于“家庭暴力”一词较为流行，作者为了便于读者理解，不得不选用该词。

谦卑，因你只是尘土；尊贵，因你曾是繁星。

——塞尔维亚谚语

像燃烧的小行星一样执着，用炽热的火光照亮夜空。

——雨果·里斯（十岁，诗人）

目录

寻找星星的地图

我一直梦想成为一名星星猎手。

大家都说那叫“宇航员”，但我觉得“星星猎手”更好听，所以我宣布，以后我就是“星星猎手”。但我可不想去捕获又老又旧的星星，我要找的是崭新的星球——那些刚刚诞生且尚无人踏足的美好新星。我在图书馆读过一本书，书上说星星能够燃烧上百万、上千万甚至上亿万年。我希望书上说的是真的，因为我始终相信，在茫茫宇宙中，会有一颗星星永不停止地燃烧。我不知道它在哪儿，但我知道它一定存在，并且等待着我的到访。

以前和爸爸、妈妈一起住的时候，我的房间里有满满三柜子的书，其中有一半是关于星星和太空旅行的。房间的墙壁和天花板上也贴满了海报和夜光星星，都是我求了爸爸妈妈很久才得到的。不过，它们还不是最美妙的。我房间里最棒的东西，是放在床边的特制星球仪。远远看去，它和普通的地球仪没什么两样，但它一点儿也不普通。这个星球仪上分布的不是国家和海洋，而是你能想到的所有星系和星座。这个星球仪会显示出不同的星座图，我已经把每一幅星座图都刻进脑海中了。这样当成为星星猎手时，我就能一下子发现新的星星——如果你能把星座图烂熟于心，当它发生变化时，你肯定能一眼就看出来。

要是妈妈当初把星球仪也带上就好了。我实在太想念它了，也许我这辈子都不会忘记它。加上现在我和诺亚搬到了一个完全陌生的新地方，我更加怀念那个星球仪了。

我们已经在这里住了两天，虽然这个房子比之前我们和妈妈一起蜗居的地方要好得多，但我不是非常喜欢。这房子里总是有各种各样的怪声，比如——明明没人走路，地板却总是发出"嘎吱、嘎吱"的声音；到了晚上，窗户的玻璃时不时会发出"哒、哒、哒"的敲击声，好像窗外有什么东西想要进来似的；房间的四面墙壁里也常常传出轻微地挤压和剐蹭的声音。我的弟弟诺亚说这房子里有鬼，他每天晚上都害怕得睡不着觉，我只好让他躲在被窝里，紧紧地抱着他、哄着他。诺亚今年才五岁，一个五岁的小朋友怕鬼是很正常的，但一个十岁的人如果还怕鬼就太傻了。我才不怕呢！尽管这房子里的各种怪声让我真的很想和诺亚一起钻进被窝里。

不过，这些声音还不是最怪的，住在这房子里的人更怪。

这里有一个叫特维斯的小男孩，他从来不说话。他已经十一岁了，个子很高，瘦得皮包骨，看起来就像一根被扯得很开的橡皮筋。因为戴了牙套，他的嘴唇都包不住牙齿了，整张嘴看起来像被建筑工人塞了很多金属脚手架似的。他每天都会盯着我看很久很久，一双圆碌碌的灰棕色眼睛就像两颗往外凸的乒乓球。我不喜欢别人盯着我看，一有人看我，我的脸就会火辣辣地烧起来，心里还会涌起一股想要逃跑的冲动。但这个特维斯总是盯着我，就算我瞪他也没用。

还有一个叫本的家伙，他顶着一头既浓密又蓬松的黑发，脑袋圆圆的，像是刚从冰激凌盒里挖出来的一个雪球。他和我一样十岁了，一双明亮的棕色大眼睛里好像盛满了问号。他左边脸颊上有一颗红肿的痘痘，每次他以为没人看到的时候就会去戳它。他常常把一件印着纽卡斯尔球队标志的连帽卫衣前后反着穿，然后把爆米花和薯片倒在帽子里，从帽兜里掏出来大吃特吃。小本说的话也很奇怪，而且他总是问我一大堆奇怪的问题，好像他在扮演电视上的侦探，而我就是犯人。他会问："嘿！你怎么会在这里呢？""你们也在等着别人领养吗？""当一个小胖子多好啊！阿妮雅，你不喜欢吃炸鱼条吗？那我帮你吃了吧！"我讨厌别人问我一堆问题，就像我讨厌别人盯着我看一样，尤其是在我不知道答案，而且说不出话的时候。所以无论他问我什么，我都看着地板，以耸耸肩作为回答。

最后，还有一个叫苏菲的女孩。她已经十三岁了，是我们中年龄最大的，但她还没有特维斯高。苏菲的红发又长又直，闪闪发亮，她的鼻翼两侧还有整整二十七颗棕色的小雀斑，每次我看到她都会数一数她脸上的雀斑，因为我非常喜欢那些小斑点。雀斑和星星像得很呢，它们虽然看起来都小小的，却能让人感受到激情与活力，而且联想它们形成的图案也非常有趣。我真希望自己的脸上也长一些雀斑，可惜我没有，一颗小斑点也没有。如果我和苏菲是好朋友的话，我会告诉她，她的雀斑看起来像一头巨大的蓝鲸，或者是一艘挂了三面船帆的船，就看你怎么想象了。

可是苏菲并不喜欢我，也不喜欢诺亚，所以我大概没机会告诉她这些了。我知道她不喜欢我们，因为她总是趁着伊乌楚库阿姨不留意，用充满怨恨的眼神凶恶地瞪我们。她会眯起眼睛，用力地磨后槽牙。每次看到她露出这种表情，我都会觉得手脚冰凉。

伊乌楚库阿姨是这栋房子的房东，也是我见过的最奇怪的大人。她每天都带着各种各样的项链、珠串和手镯，走起路来全身都在响，好像一袋弹珠丁零当啷地碰在一起。她总是笑，我想她的脸肯定很酸吧。我还没见过像她这样爱笑的人。我常常不知道她在笑些什么，每次她一笑，我就四处张望，看看是什么引她发笑，毕竟人总不会无缘无故地傻笑吧，可是她的笑好像就是没有理由的。我和她第一次见面的时候，还以为她是小本的妈妈，因为他们的发型非常像，都是毛蓬蓬的，还有他们的肤色也是一样的。她的嘴唇粉粉的，很有光泽，深棕色的大眼睛旁抹了厚厚的闪粉。她说话时带着浓浓的口音，听起来既像是在唱歌，又像是在训人。我和诺亚都不知道自己到底喜不喜欢伊乌楚库阿姨，但我们必须努力喜欢上她，因为她是目前唯一能让我们两个生活在一起的人，除了她，我们没有人能依靠了。这就是养母的作用——她们会收留像我们这样没人要的孩子。

我也是前两天晚上才知道什么是〝养母〞。毕竟在那之前，我还是一个有妈妈的人，所以不知道这些也很正常。可是，妈妈离开后，一个穿着一身黑西装的阿姨和两位警察叔叔冒了出来，他们说我们必须去寄养家庭认识领养我们的人。我不喜欢〝领养〞这个词——听起来太虚伪了，它会让你以为自己能够拥有那些原本就不属于你的东西。诺亚也不喜欢这个词，他一听到〝领养〞就开始放声大哭，并且打起嗝来。诺亚只有在非常紧张的时候才会一边哭一边打嗝。妈妈说过，我是姐姐，要一辈子保护诺亚。所以当他在警察和西装阿姨面前大哭时，我尝试用眼神去安慰他，告诉他不要害怕，我会永远保护他的。但他大概没有读懂我的眼神，因为直到我们坐上警车后座时，他还是在哭、在打嗝。那一整个夜晚他都没有停止哭泣。我希望自己能说点儿好听的话，而不是像这样用无声的言语去安慰他，但是我没办法，当我听到妈妈离开了我们时，我的声音好像也和妈妈一起离开了，到现在都没有回来。我猜，只要能知道妈妈在哪儿，我就能找回我的声音了。

所以我迫不及待想长大，想成为一名星星猎手——我一定要实现这个梦想，这样我才能找到妈妈生活的星球。夜空中的每一颗星星都有自己的名字和故事，而那些尤其特别的星星就会成为某个星座的一部分。它们有着更加恢宏的故事。我记得，这些知识是我们看完电影《狮子王》之后，妈妈给我科普的。

《狮子王》是我这辈子最喜欢的卡通电影。每次爸爸干完活回家，需要挪动家里的家具时，妈妈都会让我和诺亚一起看这部电影，她会朝我们抛一个飞眼，锁上房间门，然后用遥控器打开电视，对我们说："我们一起专心地看电影，好吗？"有时候，爸爸会用力地捶门，大声喊妈妈的名字，这时，妈妈只好让我和弟弟一起看电影，不过我们并不介意。诺亚最喜欢彭彭和丁满[1]，每次看到他们出场，他都会"咯咯咯"地笑个不停，站起来手舞足蹈。

但我最喜欢的片段，是辛巴和他爸爸的一段对话。辛巴的爸

[1] "彭彭"和"丁满"是电影《狮子王》中的卡通人物，英文分别写作"Pumbaa""Timon"。——译者注（本书脚注皆为译者查注）

爸告诉他，过去那些伟大的狮子王都化身成了头顶的星星，在遥远的天空望着辛巴，有了他们的陪伴，辛巴永远不会孤单。我第一次听到辛巴的爸爸这样说时，觉得很奇怪。我问妈妈，只有狮子王才能变成星星吗？难道狮子王后就不能变成星星了？这也太不公平了。妈妈皱了皱眉，低下头，巧克力色的眼眸注视着我。她思考良久，然后告诉我："狮子王后当然也能变成星星。不止如此呢，就算是普通人，只要有一颗纯洁善良的心，也能变成夜空中最亮的星——甚至比国王和皇后的星星还要亮！所以呀，世界上的每一个人都会有自己的守护星，一定会有星星在天上远远地看着你的。"还好她跟我说了这些，否则我可能永远无法明白人家说"妈妈离开了你们，变成星星了"是什么意思。

等诺亚睡着后松开我的手臂，我就要去把窗外的所有星星都画下来，制成星图。每天晚上我都要画，直到把所有新星都找出来为止。我会找到夜空中最灿烂、最崭新的星星，因为那就是妈妈的化身。我会一眼就认出来的，因为妈妈是我见过的最伟大、最善良的人。那些伟大而善良的人从来都不生活在陆地上，他们会成为宇宙中的守护星。

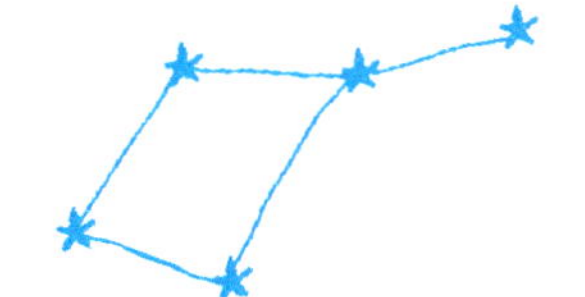

寄养家庭的规矩

虽然今天已经是我们搬到寄养家庭的第三天了，但在早晨刚睁开眼的那几秒，我以为一切还和从前一样。我忘了妈妈的离去，忘了爸爸找不到我们，忘了自己已经不住在家里了。几秒钟后，我的视线开始变得清晰，也记起了所有的事。我多希望自己没有清醒啊。我紧紧地闭着眼，双手用力握着脖子上的银锁吊坠。我喜欢我的小银锁——它圆圆的、亮晶晶的，上面还盘旋着漩涡般的环形图案。这是爸爸妈妈在我七岁生日时送给我的，也是我拥有的唯一一件和他们有关的东西了。所以每天早上醒来时，当我清晰地知道他们已经不在我身边时，我都会紧紧握着它，用力地闭上眼睛，然后再突然睁眼，刺激一下我的眼球。我从电视上学来的，只要这样就能从噩梦中惊醒了。可是这方法好像对我无效，因为眼前的事物没有一点儿变化，也就是说，这噩梦一般的现实并不是一个梦。

但这还不是我早上在寄养家庭醒来所经历的最糟糕的事。最糟的是我和诺亚睡同一张床，早上醒来总能发现自己双腿冰凉，裤子紧紧地贴在腿上——他又尿床了。我知道他不是故意的，而且他只有在害怕的时候才会尿床，但这也太烦人了。其实我原本是应该睡上面那张床的，但这样一来诺亚就要一个人睡了。我试过贴着床的右边缘睡觉，以为这样就不会被诺亚的尿弄湿了，但我还是太天真了。我想，等我的声音回来了，我得去要一把伞才行。

目前，伊乌楚库阿姨还没有因为诺亚尿床而责骂他，反而表现得像遇到了一桩天大的好事似的！每天早上，她都会走进我们的房间，说一声“早上的阳光多美妙啊”，然后就像兔子一样嗅一嗅房间的空气。之后，她会走到床边，掀开被子，大喊：“啊！就是它了！”好像她看到的是什么宝贝，而不是一大摊尿。她会笑着把我和诺亚赶下床，把湿床单卷起来抱在手上，像抱着一团棉花糖。她会说：“尿出来总比憋着好！寄养家庭的第一条规定——该释放时就释放！”

在寄养家庭里，能大胆地尿床还不是最奇怪的。伊乌楚库阿姨制定了很多和我们家完全不同的规矩。当初那个黑西装阿姨带我们见伊乌楚库阿姨时，完全没提到寄养家庭的规定，他们只是一直念叨着“一切都会好的”和“你们现在什么也不用担心了”。但是我担心的事情可多着呢！比如说，如果我永远不能回学校上学，就再也见不到埃迪和关了怎么办？他们都是我的好朋友。又或者，如果诺亚半夜肚子饿了，还想像以前一样跑到厨房去找饼干吃的话，我该怎么办呢？还有，伊乌楚库阿姨生气的时候会发多大的火？我们怎么样才能避开她的生气开关呢？如何避开开关的问题是最重要的，因为我知道每个人的身体里都有一个开关，一旦被触碰，那个人就会变得非常生气，而且很可能会做出伤害你的事情。尤其是像爸爸这样工作非常努力的大人。黑西装阿姨说过，伊乌楚库阿姨会非常努力地照顾我们，那她的开关可能就像爸爸的一样大，很容易碰到的。所以我必须记住她的所有规定，这样我和诺亚才不会破坏规矩，惹她生气。

这几天，我都非常认真地听伊乌楚库阿姨讲话，也一直在观察小本、特维斯和苏菲。但是没有人能给我们说清楚规则，而想要靠自己去了解这个地方的规定实在是有点儿难。就像去到一个新学校，却没有人告诉你做什么事情会被留堂一样。所以我才这么喜欢星星。它们总是高高地挂在天上，运行的规律永远不变，不需要别人去解释什么。可能偶尔会有新的星星诞生，而那些不再需要守护别人的古老星星会慢慢暗淡消失，而其他星星只会在自己的位置安安静静地发着光，闪烁几百万年，永远永远不会移动。人类和星星就不一样了。人的身上没有一闪一闪的亮光，就算你想认识某个人，也不可能像认识星星一样把他身上的光组合起来辨认形状。所以，要想成为星星猎手，我得先成为一名“线索收集员”才行，我要慢慢地了解伊乌楚库阿姨定下的所有规定，还要看看她生气的开关藏在哪儿了。每天，我都能记下一条新的规定，到今天，我已经知道了：

规定一：我们可以随时随地尿裤子，没有人会骂我们或让我们在角落罚站。

说实话，伊乌楚库阿姨每次看到诺亚尿床，都会笑得非常开心，我想诺亚会不会以为在其他地方也能随地小便了。昨天晚上，就在她邀请我们去喝茶之前，诺亚还问我他能不能在树底下把腿抬起来小便，就像公园里的狗狗一样。我摇了摇头，但我知道他肯定没有断了这个念头。因为在我们去爬上床准备睡觉的时候，他还在试着把腿抬起来，想看看自己能抬多高，而且一直盯着衣柜，有什么想法的样子。

规定二：我们想哭多大声、想喊多大声都行，没有人会让我们“停下！”“懂事点儿”或者“别像个大宝宝一样”。

小本说诺亚是“尖叫冠军”，因为诺亚几乎每时每刻都在尖叫。洗澡的时候，他觉得伊乌楚库阿姨不是自己的亲妈妈，不让她帮忙洗身子，于是开始尖叫；早上，伊乌楚库阿姨想帮他脱睡衣，他也尖叫；晚上，伊乌楚库阿姨想帮他穿睡衣，他还尖叫。总之，从早到晚，诺亚要尖叫无数次。但是伊乌楚库阿姨好像并不觉得他的尖叫声很讨厌，一点儿也不。她每次都是微笑着点点头，说：“这就对了，把诺亚身体里的怪兽放出来吧！记住，你想什么时候喊、想喊多大声、想喊多久都可以。只要你的喉咙不受伤就行！”以前在家里，爸爸妈妈绝对不会让我们哭喊、尖叫这么长时间的，但现在不同了。依我看，他应该开始觉得尖叫很无聊了，因为他叫喊的时间越来越短，而且喊声也没有以前那么尖锐刺耳了。

规定三：吃饭的时候可以把食物弄得到处都是，没有人会骂你或一巴掌打在你脸上。

虽然伊乌楚库阿姨并没有直接这么说，但我第一天在这里吃早餐的时候就发现这个规定了。以前在家里吃饭的时候，妈妈总会帮我们弄好食物，把所有菜都切成小块，这样我们就不会把菜掉到桌上和地板上，否则爸爸的生气开关就会启动了。有时候，在我们出发去学校前，妈妈会帮我们把早餐包进鸡肉卷里，让我们站在车子旁边吃完，因为爸爸在银行工作非常辛苦，早上需要我们保持绝对安静和整洁，这样他才能好好睡觉。但是在寄养家庭，小本会把面包屑掉得到处都是，甚至粘到脸上，还从来不觉得不好意思。特维斯可以自己把巧克力酱抹到面包上，没有人会去看他抹得平不平整，也没有人担心他会把酱打翻。苏菲可以把不同的麦片都倒进一个碗里，把自己的牛奶也倒进去，搅拌一通之后再吃。在下午吃点心的时候，大家可以把想吃的东西直接放到自己的盘子里，甚至想挤多少番茄酱都行。伊乌楚库阿姨不会批评我们！这些事情是我和诺亚在家里时绝对不能做的，所以诺亚现在一听到伊乌楚库阿姨喊他吃饭，就非常兴奋。我到现在肚子都不饿，所以没有好好吃过一顿饭，不过我想，等我找到妈妈的星星时，等我的肚子没那么疼的时候，我一定会很喜欢这条规定的。

规定四：音乐是可以在厨房播放的，而且音乐会让大人变得比原来更奇怪。每次伊乌楚库阿姨在厨房里忙活的时候，她都会打开窗台上那台紧挨着绿植的亮红色收音机。她喜欢听没有歌词的音乐，收音机里总会传来由钢琴、小提琴和管弦乐演奏而成的曲子。然后她会闭上双眼，一边大声哼着曲子，一边从厨房跳舞到餐桌边上，好像有一个隐形人在和她一起跳似的。有时候，她还会抓着特维斯和小本，让他们一起跳舞。诺亚第一次看见这种情景时害怕极了，紧紧地抓着我的手臂不肯松开。因为我们家总是非常安静、非常平和，只有这样，爸爸才能好好想事情。我从来没见过妈妈跳舞或者哼歌，一次都没有。但是当伊乌楚库阿姨这么做的时候，特维斯笑了，还跟着她一起哼唱起来；苏菲虽然翻了个白眼，但是也咧开了嘴，露出灿烂的微笑。小本靠过来，对我们说："别担心，她经常这样！"

到了第三天，我已经不再想了解更多规定了。因为在其他人都去上学之后，伊乌楚库阿姨让我们做的事情就和前两天一模一样。首先，她让我们在客厅坐着画画，画到吃午饭为止。午餐期间，我们可以看一个半小时的电视。然后她会给我们讲一个故事，讲完了就让我们到花园去玩，等着其他人放学回家。在花园里玩耍的时候，我发现，伊乌楚库阿姨那条“允许脏乱”的规定在室外也是成立的——因为诺亚在花园里摔了一跤，把泥巴弄得满裤子都是，但是她没有骂他，反而对他说：“这泥巴的颜色多么可爱啊，你不觉得吗，诺亚？看看这各种各样的棕色！”听了这句话，诺亚马上就不哭了，还弯下腰仔细地看自己裤子上的泥巴污渍，好像他以前从来没有想过这个问题。

伊乌楚库阿姨喊我们进屋了。等诺亚换好睡裤后，她拍了拍手，说：“好啦，阿妮雅，诺亚，第三天过得可真愉快呀！那么我们的下午茶要吃什么呢？蔬菜烤面？炸鱼薯条和薯片？还是意大利面呢？”她招招手，让我们到餐桌边坐下，等待着我们的回答。今天，她抹了亮晶晶的金粉眼影，太阳光漫过她的眼睛时，她的眼皮闪闪的，就像沙滩上幼嫩的细沙。

诺亚大声地喊：“意大利面！我想吃意大利面！”

“我们今天吃意大利面吗？”门廊处飘过来一个声音。

几秒钟后，小本蓬蓬的头发和圆圆的脑袋就从厨房门边上冒了出来。房子大门“砰”的一声关上了，特维斯和苏菲也跑到了厨房里来。大家都把书包扔在地上，除了苏菲。她说：“啊！妈妈，做好了叫我下来吃就可以了。”然后她就背着书包上楼，回到自己房间里。我皱了皱眉，心想：伊乌楚库阿姨和苏菲一点儿也不像，怎么会是苏菲的妈妈呢？

“特维斯，我们吃意大利面好不好？”

特维斯朝伊乌楚库女士点点头，然后转过身来，眼睛都不眨地盯着我看。

“阿妮雅？”诺亚很喜欢意大利，所以我也点点头，虽然我依然不觉得饿。

“好，那我们今晚就吃大碗美味的意大利面吧！小本，请你去洗洗手，然后帮忙把马苏里拉奶酪拿出来……就在那个袋子里面，对，然后切成小片……不过要注意先把它沥干。特维斯，帮我拿一点儿罗勒叶，我需要大概……二十片。大家动起来！”然后伊乌楚库阿姨走向窗台，打开收音机，悦耳的旋律马上响起。“啊！肖邦！”她大声说着，又跳起舞来。我也想帮忙，但我说不出话，没办法告诉别人。我只好坐下来和诺亚一起看着他们干活。一边听音乐，一边看大家切东西、拿东西、洗东西和倒东西真是太有意思了，就好像在看真人电影一样。诺亚高兴地拍拍手，跳起了他的刀叉舞。

一切准备就绪，伊乌楚库阿姨把苏菲喊下楼来。看到苏菲身上的校服，我忍不住想，要是我和诺亚的校服也在就好了。离开那间“不像样宾馆”的时候，我原本想把校服也带上的，但是穿黑西装的阿姨让我们不要带。从那时候起我就知道，也许我这辈子再也见不到我的朋友们，也再无法回到学校了。

小本走过来，把一小盘芝士放在餐桌正中间。我从没见过这样的芝士——看起来像一片切得厚厚的、松软的海绵面包，颜色竟然像粉笔一样白。我敢肯定芝士应该是黄色而不是白色的，所以我绝对不会吃这种芝士。

小本坐下来，迅速摸了一下脸颊上的痘痘，似乎是在确认它还好好地长在脸上。然后，他问我："阿妮雅，你今天要吃东西吗？你怎么从来都不饿呢？我天天都肚子饿！你最喜欢吃什么样的芝士呀？我最喜欢吃的就是这种！你要不要来一点儿？"小本把盘子往我这边推了一下。

我摇摇头，看向苏菲。她坐在桌子的另一边，紧挨着诺亚，此时正恶狠狠地瞪着他，因为诺亚正在餐桌上握着餐刀和小汽车玩具"乒乒乓乓"地玩着"餐刀撞车"的游戏。很快，特维斯也走过来在餐桌边坐下了，刚坐下就眼睛都不眨地盯着我看。

"小本，能不能请你安静几秒钟，让大家好好喝茶呀！"伊乌楚库阿姨说着，朝我们走过来，把两碗油光发亮、淋着鲜红色酱汁的意大利面摆在我和诺亚面前。诺亚马上就拿起叉子要往面碗里戳，我赶紧抓住他的手，摇摇头，示意他等得到允许再吃。

"就是嘛，小本！"苏菲一看到伊乌楚库阿姨转身回厨房去帮大家端面条，马上就小声嘟囔起来，"你能不能闭上你的嘴，别像个傻子一样招人烦！"

小本认真地点点头，安静了整整三秒钟后，又开始碎碎念："阿妮雅！你一定要试一下这个蒜香面包！超级好吃！"他把一根长长的棍状面包推向我，但我不想吃，所以摆摆手，又把面包推了回去。

"试一下嘛！"小本坚持道，"吃意大利面怎么能少了蒜香面包呢！那可真是袭渎美食呀！"

"啊！小本你真是太蠢了！那个词是'亵渎'！"苏菲说着，翻了一个大大的白眼，好像不敢相信自己居然和这样的蠢蛋在同一张桌子上吃饭。

但是小本没有理她，只是把蒜香面包朝我这里又推了推，这时候，特维斯更加专注地盯着我看了。

我想告诉小本，我的胃不舒服，我的喉咙发不出声音，我什么也不想吃，因为这里所有食物的味道和样子都和妈妈做的不一样。但我说不出话来，只能把面包又推回去。就在我把手往回收的时候，手肘不小心碰到了碗。盛满了面条的大碗就这样从桌上摔了下去，在空中翻滚了几圈，径直摔碎在地板上。

咔啦！砰！啪嚓！

面碗裂成了两大块，浇了番茄酱汁的意大利面和椅子腿黏糊糊地纠缠在一起，也给我身后天蓝色的墙壁泼上了鲜血般刺眼的红色。整个场景看起来像是有动物被汽车碾过，眼前一片猩红，像是喷射而出的血腥的内脏……

我从椅子上一下子弹了起来，屏息站在椅子旁，等待着暴风雨般的训斥。我的身体开始不受控制地抖动起来，像是刚从冰水中捞出来一样。我听见苏菲倒吸了一口气。小本说："这下完了！"特维斯还是盯着我看，满脸幸灾乐祸。诺亚开始打嗝，因为他非常担心我，就像我们以前在家里不小心弄掉或弄洒了什么东西一样。

"妈——妈——！你看阿妮雅干的好事！"苏菲把身板挺直坐着，大喊起来，"她故意把碗摔到地上去啦！"

我看着苏菲，又看向厨房里的伊乌楚库阿姨。我张了张嘴，想告诉她这是一场意外，我不是故意的。但是，什么话也说不出。

"阿妮雅，你是'故意'把碗摔碎的吗？"伊乌楚库阿姨皱着眉头走到餐桌边上，平静地问道。

我摇了摇头。

"我不喜欢别人对我撒谎，阿妮雅，"伊乌楚库阿姨抬了抬眉，睁大眼睛看着我说，"这是我们这个家的黄金法则。无论发生了什么，无论你有多淘气、多伤心，都不能对我撒谎。我再问一次，你是'故意'把碗摔在地上的吗？"

我再一次摇摇头，张着嘴努力想说话。但我的声音离家出走太久了，似乎一时回不来了。

"特（她）、她不、不是故意的，"特维斯说，"只（这）、这是一次意、意、沃（外）、外。"

"是的。"小本说着，紧张兮兮地看了苏菲一眼。

苏菲眯起眼睛，盯着特维斯和小本，然后摇摇头，说："妈妈，他们在撒谎，因为他们不想让她被禁足！我亲眼看到的！你把碗放到她面前，她等你走进厨房，就拿起碗往地上砸。"

伊乌楚库阿姨深深吸了一口气，安静了几秒钟后，淡淡地说："阿妮雅，请你回自己的房间。"

小本的眉头皱得更紧了。特维斯低下头，默默地看着自己的碗。诺亚打嗝打得更厉害了，撞得整张桌子都晃动起来。我看着苏菲，感觉胸口滚烫，像是有什么在燃烧。她也直视我的眼睛，嘴角露出一抹转瞬即逝的笑意，我怀疑自己是不是看错了。

"阿妮雅，请上楼去！"伊乌楚库阿姨说着，蹲下去收拾碗的碎片，眉头紧锁。"诺亚，阿妮雅只是回房间去思考一下自己的错误而已，知道吗？等她准备因为浪费食物而道歉的时候，她就能下来了。你不用这么担心，好吗？"

诺亚看起来还是很害怕，但在打嗝的间隙，他还是点了点头。

我想大声尖叫、用力嘶吼，我想狠狠地踹飞什么东西。但我什么也没做，只是低头看着地板，默默地把椅子推回去。我一边走出饭厅，一边回过头去，发现苏菲一直在看我。她直勾勾地盯着我，嘴角迅速抽动了一下，露出一丝不屑的笑容，这一切只有我看到了。我突然在想，伊乌楚库阿姨的生气开关是不是就是她的黄金法则呢？如果是的话，为什么苏菲要打开这个开关，为什么要让我成为那个打开开关的人呢？

神奇的天象

我在房间里自己坐了十几分钟之后，伊乌楚库阿姨就让特维斯上来找我，喊我下去和人家一起吃饭。但是我并不打算道歉，因为我没有故意做任何坏事，所以我什么也没说。伊乌楚库阿姨说，这样的话我就不能吃甜点了。没关系，反正我也不想吃。我一点儿都不饿。最后，苏菲把我的甜点吃掉了。那天的甜点是巧克力蛋糕，是我以前最爱吃的。

伊乌楚库阿姨在收拾餐桌，她说我们可以在客厅看一个半小时的电视。

“对不起，”小本悄悄地说，“我不是故意要给你惹麻烦的。”

我点点头，苏菲不喜欢我，这并不是小本的错。

“对、对不起。”特维斯说，他的眼睛瞪得大大的，从两颗乒乓球变成两颗大网球，“每次我们说苏菲做了什么坏事，伊女士都不相信，各（根）、根本就没必要缩（说）什么……”

“是啊，”小本说，“如果我们去告发苏菲，那她就会对我们做更不好的事情，你最好也不要去告发她。有一次，我告诉伊阿姨是苏菲从她的包里偷走了一张五块钱的纸币，不是我，结果苏菲晚上就在我的床上放了一只毛毛虫。”

我点点头，在一张绿色软沙发前坐下了。小本把电视遥控器给了诺亚。诺亚开心极了，他走到电视机前坐下，身体几乎贴着屏幕，好像要爬进电视机里似的。他最喜欢的忍者卡通片马上就要播完了。以前妈妈经常和他一起看这个节目。小本走了过来，一屁股坐在我旁边，柔软的沙发垫子一下子隆起来了。特维斯坐在咖啡桌边上的扶手椅上，一动不动地盯着我。我感觉自己的脸越来越红了。啊，真希望自己不要这么容易脸红！

“阿妮雅，我们是朋友，对不对？”小本问着，用手肘碰了碰我的胳膊，“你不会生我气的，对不对？”

不知道为什么，他这样用手肘戳我，让我觉得想笑。我笑了。特维斯看到我笑，他也笑了。但他马上收住，还用手把嘴巴捂得严严实实的，好像猛地想起来自己还戴着牙套，不想让别人看见似的。

“那么……为什么你不和我们说话呢？”小本歪着脑袋问我，“难道你和特维斯一样，会结巴吗？还是说你听不……”小本说着，凑近我的耳朵，仔细观察看我有没有戴助听器。

我摇摇头。

“以前我们这有一个男孩子和你一样，他是在圣诞节前一天来的。”小本说，“他一个字都没有说过。就连我们送给他圣诞礼物的时候也不说话！伊阿姨说，他想说话的时候自然就会说了，他只是现在不想说而已。最后，他们只好把他带走了。”

我抬起头来看着小本，十分害怕。难道“他们”把他带走，是因为他不说话吗？这个“他们”是谁？“他们”把他带到哪里去了？这个男孩有弟弟妹妹吗？如果有，那他的弟弟妹妹怎么办？

“不过这也很正常，”小本说，“这里总是有小孩子来了又走的。我们这些待领养的孤儿就是这样——来来去去。通常我们会去到另一个寄养家庭。我和特维斯以前就是这样，最后我们来了这里。现在我们只想待在这里，直到有人领养为止——哪怕苏菲不喜欢我们。有人领养当然比没人要好得多。但是如果你对领养家庭都不满意的话，那还是在寄养家庭待着比较好，这样你还能接着选呢！”

特维斯点头。

我张了张嘴，想问他们很多问题：为什么他们想留在这里？如果他们被领养了会怎么样？难道这就是苏菲能叫伊乌楚库阿姨“妈妈”，而他们不能这么叫的原因吗？但是，我依然发不出一点儿声音。声音离家出走了，还不愿意回来。

“伊阿姨做的太妃布丁最好吃了！”小本说道，“伊叔叔发生了意外，伊阿姨没有孩子，所以她是一位超级好的养母，几乎和亲生妈妈一样好呢！如果她能领养我们，让我们在这里生活，那真是太好了。她比我以前所有养母都好！”

我想问他伊叔叔发生了什么意外，想问他一个人怎么会有那么多妈妈。

不过特维斯紧接着说：“是啊，特（她）、她让我们住呵（好）、好房间。这个房纸（子）也比之前住的都要好呢、呢！”因为戴着牙套，他说话有点儿大舌头，但这也比我强，我的舌头根本就用不上。

我环顾四周，看看这个客厅，猛地发现墙上居然挂着好多照片。我以前没有认真看，但是现在发现，在每一张照片里，伊乌楚库阿姨身边站着的孩子都不同。在这张照片里，她身边的小男孩有一头亮红色的头发，鼻子大大的，鼻梁上架着一副更大的圆眼镜；在那张照片里，她身旁的小姑娘头发金灿灿的，像弹簧一样卷曲；还有一张，照片里的男生穿着橘红色的运动裤，看起来像是中国人，头发又黑又直，闪闪发亮，仿佛有阳光在发丝间嬉戏；还有一对双胞胎，留着长长的棕色头发，正对着镜头吹泡泡呢！

"妮雅……看！"诺亚突然大喊一声，转过头来看我，用手指着电视屏幕。但我当时还在想小本和特维斯说的关于领养的事情，没有认真听诺亚说话。我从来没想过还有这么多人寄宿在别人的家里……没想到有的人会有不止一个养母。

"妮雅！快看！"诺亚喊得更用力了，屁股焦躁不安地扭来扭去。"是妈妈！我看到她了！"

我马上看向诺亚手指的方向。电视屏幕左边是一团燃烧的火球划过漆黑太空的画面，屏幕右边是一个看起来很严肃的男人，留着短短的、刺刺的棕色头发，正皱着眉头对麦克风说话。

我冲到诺亚身边，按着他手中遥控器的音量键，把电视声音放大。

"宇航员们从未见过如此神秘的景象，它的出现已经轰动全球。世界各地的顶级研究院都在查看历史记录，试图从蛛丝马迹中发现类似的天体活动，甚至追溯到了托勒密[1]和伽利略时期的

[1] 古希腊天文学家、地理学家。

天文记录。”那个男人是这么说的。然后，他消失了，屏幕上出现了一群人，他们正戴着手套在翻看和摆弄一些旧书和旧图画。首先是一卷长长的卷轴模样的纸，封面上写着中文，整卷纸看起来像是在棕色的茶水中浸泡过一样；紧接着就是一本镶着金边的书，书里画了好多穿着各种颜色的袍子还裹着头巾的男人，他们都举着望远镜看呢！在这些人附近，还有奇形怪状的潦草字迹做注解。主持人的声音又出现了：“从古代中国卷轴，到第一位阿拉伯宇航员的日记，人们从历史的天空中寻找相似天象的脚步仍将继续下去……”

书籍的画面渐渐消失，主持人的脸又出现了，不过这一次他是笑着的。“现在在我身边的是来自格林尼治皇家天文台的杰斯敏·格鲁瓦尔教授和宇航员阿历克斯·威瑟斯，二位将一起向大家介绍此次独特的天象！”

屏幕右边的星星图缩小了，主持人变得越来越人，我们看见他身边站着一个戴眼镜的女人，她的皮肤是棕色的，跟我几乎一模一样，她的黑色发丝在风中凌乱地飞舞着。在她身后站着一个男人，他有一头短短的灰色头发，下巴的胡子像钉子一样，小小的暖棕色眼睛斜视着，好像睁不开似的。这两个人脸上也都挂着微笑。

“格鲁瓦尔教授，从您开始好吗？”主持人说完，像机器人一样僵硬地转过身去看着那个女人，把一支大大的黑色麦克风放在她面前，“能不能说说现在屏幕上的这个天象是什么情况呢？”

“这个嘛，汤姆，我们现在看到的这个画面，说实话，以前从来没有出现过。”那个女人对着镜头紧张地笑着说，“据观测，这是一颗真实存在的燃烧中的恒星，正从太阳系的一端移动到另外一端，而且距离地球的大气层非常近。”

“这听起来可不妙！”主持人皱起眉头看着她说道，好像那颗恒星的出现是她的错似的，“但是太阳系中肯定有几百万颗恒星在高速穿行吧？为什么这一颗如此特别呢？”

教授一脸疑惑，转过来看着镜头。“呃……其实，恒星不会到处‘穿行’，所以我们的太阳才不会移动。这样我们才能计算光年，才能通过星座来确定方向。我们的太阳是——至少在昨天之前是——距离我们最近的恒星，但是日地距离也有一亿五千公里。大家都知道。如果太阳再靠近地球一点点儿，地球上的所有生物都会灭绝。现在出现的这颗恒星与地球的距离比日地距离少了整整两百英里，不仅如此，它距离地球越来越近，这是我们从未遇见过的！”

“那……这又意味着什么呢？”主持人问完，抬起头，好像在盼望着那颗恒星能砸向他似的。他转身面向摄影机，扬起眉毛，语气高亢得像游戏节目的主持人，问道：“人类是不是即将……灭亡了？”

教授摇了摇头。“不，不是的！根据我们对其前进轨迹和星球规模的运算结果来看，地球不会受该恒星的引力场吸引，但是由于它向地球释放了巨大的热量，地球应该会出现一些怪象。不过，这是一颗新恒星，也是我们见过的最小的新恒星之一，它的引力应该能和地球的引力相平衡，从而快速经过地球。好在这颗恒星的体积只比地球略微大一点点儿！”

我深吸一口气，身体往电视屏幕越靠越近。

主持人朝摄像机点点头，表示赞同，但又好像不知道自己在赞同什么。“我明白了，那么威瑟斯先生，为什么这一件事会引起天文学界的轰动呢？”

上了年纪的威瑟斯先生朝主持人皱了皱眉，好像没听懂这个问题，然后他看着摄像机，说：“呃……就像格鲁瓦尔教授刚才说的那样。”

主持人又点点头，然后等待着，希望威瑟斯先生再说些什么。

威瑟斯先生清了清喉咙，身体前倾靠近摄影机，眼睛的斜视更加厉害了。“我们必须明白一点，除了太阳，从没有其他星体距离我们如此之近。而根据物理定律，地球和这颗恒星之间，必定有一方会被另一方的引力所吸引，最后遭到毁灭。但是现在，我们推断这样的事情应该不会发生。这颗恒星只会经过地球。应该不会给我们带来任何伤害。”

“这么说，这是一颗很友好的流星咯？”主持人对着摄影机，睁大眼睛问道。

“呃……”威瑟斯先生看看四周，好像在寻找救星，“不是的……这不是流星。流星是进入地球大气层的岩石碎片，而这一次的星星是一颗确实燃烧着的恒星。”

但主持人并没有理会他，而是转向教授。“格鲁瓦尔教授，这颗恒星接下来会怎么样呢？它现在好像对我们没有伤害，但它真的不会让地球上的生物都灭绝吗？”主持人问完，将麦克风递到教授嘴边。

格鲁瓦尔教授推了推眼镜。“这个嘛，”她说，“现在，全球的天文台都在追踪它的行进轨迹，我们推算出它只会越过北半球上空。但是，这种情况是有史以来第一次出现，所以我们也不知道这颗恒星会走多远，不知道它会不会再一次改变方向，也不知道它什么时候会停止，在何处停止。但我们敢说，它绝不会毁灭地球上的所有……呃……生命。”

“那也未必就是一件坏事。”威瑟斯先生一边低声说，一边朝主持人摇摇头。

“妮雅！那是妈妈吗？”诺亚压低了声音，用手指点着电视屏幕上那一团燃烧的火球。

我能感觉到，此时此刻，特维斯和小本就站在身后看着我们，但我不在乎。我点点头，眼睛都不敢眨一下。这种感觉，就像以前放学时妈妈来接我们回家一样——虽然广场上站着几百个别人家的父母，但我总能立刻找到妈妈。每当她靠近我，我都能感应到她的存在，有时候，我甚至能从一个后脑勺就认出她来。我一次都没有认错过。绝不会错的。而且，我敢肯定这一次我也是对的。

“谢谢你们。”主持人说完，镜头就放大、集中到他一个人身上了，“正如各位所见，这是人类有史以来第一次遇见的特殊天象。有一颗新生的落魄恒星想要和大自然的定律——还有我们的引力场——相对抗，想在我们头顶的天空寻找它的一席之地。我的介绍就到这里，交给你了，伊莱恩。”

主持人消失了，屏幕上出现了一个穿着亮紫色套装的女人，她正坐在玻璃桌后看着我们。不过，那张恒星的照片依然悬挂在她身后，所以我凑近屏幕，伸出手摸了摸它。

“以上是汤姆·布拉德伯里为我们带来的关于星体活动的最新消息。如果你想和皇家天文台一起为该恒星命名，请登录官方网站 www.rmg.com.uk/royal observatory，了解恒星命名大赛的详细内容。下一条新闻：美国新建的边界墙为何因日照融化。”

新闻播报员身后的照片变了，那颗恒星消失了。

“妈妈！”我大喊了一声，在浑然不觉中，我的声音回来了。

妈妈的星星

“我的天啊！你说话了！”小本激动地叫喊起来。他的身影反射在电视屏幕上，我能看到他有多么惊喜，也能看到特维斯在我身后依然盯着我。“可是……为什么你喊那颗星星‘妈妈’呢？”

“妮雅！那真的是她吗？”诺亚悄悄问我。他的眼睛睁得大大的，盛满了泪水，我甚至能从他的泪水中看到我自己的脸。

我点点头，回过头去看着小本和特维斯。我必须在伊乌楚库阿姨过来之前问他们一个问题，我张了张嘴，同时，在心里对我的声音许下承诺：如果你现在回来了，我一定会好好对你的。

“可、可以、这里有电脑吗？”我问道。我的声音听起来很奇怪——和我以前的声音完全不一样，好像是别人的声音，听起来既沙哑又低沉。但是没关系。只要我能说话就行，只要我能用它找到妈妈就行。

我要找到刚才那个播报员说的网站！我要知道妈妈化身的星

星到底在哪里——还有，刚才那个播报员说，请大家一起给它起名字是什么意思！如果她会越过北半球，那就是说她离我们很近了。因为我从星球仪上看到过，我们就住在北半球呀！这也就是说，晚上我在这里的窗外看见的星座很有可能和妈妈的星星现在经过的是同一个星座！

特维斯点点头。“我、一（有）、有一台电脑在发（房）、房间里，是用来做作业的。”他的脸涨得通红。

“你是想登录刚才电视里说的那个网址吗？”小本问道，“关于那颗恒星的？”

我又点了点头。小本皱着眉，咬住下嘴唇。我看得出他心里有很多疑问，而且有一些问题迫切需要得到解答。

“可是……为什么你要找到它呢？为什么你叫它‘妈妈’？你妈妈不可能是太空中的一颗星星啊！她……”

小本还没来得及说完那一句话，诺亚就大声吼起来：“她就是！她就是一颗星星！”不仅如此，他还冲向了小本，生气地用力把小本往后一推。

“嘿！”小本看起来非常疑惑，伸出双手防止诺亚再推他。

“你！道歉！”诺亚朝小本大喊。诺亚的脸红彤彤的，五官也拧成一团，就像葡萄柚的果肉一样。他开始用拳头猛地击打小本的手臂。

“对不起！嘿，我说对不起了！”小本喊叫着，“啊！痛！”

我抓住诺亚的手，说：“别打他，诺亚，他不懂！”

“可是他说那不是妈妈！”诺亚一边大声说，一边皱着眉，愤怒地瞪着小本。诺亚卷曲的头发轻轻抖动着，因为他的身体在颤抖，他的眼睛瞪得越来越大，眼里慢慢积攒起了泪水。

小本后退了一步，看起来非常困惑。

特维斯也皱着眉，看看我，看看诺亚，又看看小本，眼珠子滴溜溜地转来转去。然后，他压低了声音，说道："我可以让、让你用点（电）、电脑，如果你们能告数（诉）我们原因的话。"

小本紧张地揉揉自己的手臂，点点头，然后向前走了一部。"你们可以放心地告诉我们，"他说，"我们绝不会告诉别人，我保证。"

我一边安抚诺亚，一边思考应该怎么做。如果我告诉小本和特维斯，他们俩可能会觉得我在撒谎，或觉得我很傻。人就是这样的，当别人不愿意相信你说的事情时，他们都会这么想，哪怕那些事是真的。我知道，因为艾琳外婆和凯西阿姨以前就是这么说妈妈的，每次妈妈想告诉她们为什么家里所有的盘子都不见了，为什么大热天她还要穿长袖毛衣的时候，她们都会说她犯傻，说她撒谎。有一次，爸爸把家里的家具移得太乱了，甚至把我们的餐桌和三把椅子都弄坏了。后来，警察叔叔来我们家看的时候，让妈妈不要那么"歇斯底里"——我知道这个词肯定和撒谎的意思差不多，因为妈妈一听到他这么说，马上就安静了，再也没有让警察叔叔帮忙处理家具的事情。但是，小本和特维斯都不是警察，也不是艾琳外婆或者凯西阿姨。也许，他们会相信我呢？

我动了动喉咙，说："我是一位星星猎手。刚才，电视里的那颗星星，是我们的妈妈。几天前，她离开我们变成星星了——我亲耳听她说的，诺亚也听到了。我一直想找到她，她也在找我们。现在，她终于把她的位置告诉我们了，我们再也不会和她走失了。"诺亚抓住我的手，像企鹅一样挺着胸膛，抬起头看我，又害怕又高兴的样子。我朝他微笑。我以前从来没有把这些话说出口。但现在我的声音回来了，我能大声说出来了，这感觉真好，听到自己说出来的话，我觉得很开心。我想一遍又一遍地重复自己刚才说的话，我甚至想大声喊出来！“我是星星猎手！我找到了妈妈的星星！”

“你是什么？”小本皱起鼻子，好像没明白我刚才说了什么。

特维斯把耳朵边上的头发拢到耳后，好像这样才能听清楚我的话。

“星星猎手——也就是大人们说的宇航员。”我解释道。

“哦！”小本说，“但是你当不了宇航员呀，你现在还在读书呢！”说完，他眯起眼睛上下打量我，好像我是伪装成十岁女孩的卧底间谍。

特维斯嘴巴都合不拢了，惊讶地盯着我看。他看起来就像是发现了一个写满隐形文字的山洞，完全不知道该怎么办了。

“当星星猎手是不需要把学上完的，”我说着摇了摇头，真不知道他们俩是不是从来不去图书馆，“你可以从书本里学习怎么成为星星猎手，当然，有时候在学校里也能学到。”

“喔。”小本皱着眉头，看起来还是不太相信我。

“反正不管怎么说，我也等不到毕业的时候了。我现在就要去找妈妈，这样我们才不会再一次把她弄丢。”我接着说道。

“但你妈妈不是……”小本的眉头拧成了“川”字形。特维斯合上了嘴巴，像尺子一样站得笔直，低头看着地板。我突然知道他们在想什么了。

“她没有死。”我说。我心里既生气，又觉得他们傻得可怜。

“没有吗？”特维斯抬起头，惊讶地问道。

“没有。她就在那里。”我说着，伸手指向客厅两扇玻璃门外。

小本顺着我手指的方向看去，好像在期待看到飘浮的鬼魂。他的眉头像是放在烤炉里的面包片，一下子舒展开了。"你是说……她在花园里吗？"

诺亚"咯咯咯"地笑了起来，用手掌拍了自己的脸一下，好像不敢相信小本居然这么傻。

"不是的，"我憋着笑说道，"我是说，她在天空中。我刚才已经说过了呀，你没听见吗？妈妈的心肠特别善良，所以她变的星星是最亮的。如果你有一颗特别美好的心，等你离开的时候，你的心就会跳出你的身体，变成一颗灿烂的星星，这样的话，你就能照顾那些你舍不得离开的人了。所有好心的人都在上面——国王和皇后，还有那些非常特别的、舍不得离开我们的人。"

"你是说——像足球明星和有名的歌手吗？"小本问道。他似乎开始感到惊奇了。

"是啊，也许吧。"我耸耸肩。

"太酷了……"小本说着，点点头，终于理解我的意思了。

"但是星、星星不是人、人，它们只是充满吃（气）体的圆球而已……"特维斯看着我，好像不敢再说下去了，怕惹我生气。

"这不是我编的！"我向他们保证，"我查了很多资料。有一些伟大的星星猎手和科学家都说世间万物都是从旧星星的尘土变来的——人类也是。等我们死的时候，我们也要回归。如果是普通人，那就会回到大地，成为尘土。但是如果是特别的人，那我们就会回到上面——回到太空中。《狮子王》里就是这么说的。"我说着，真希望自己现在能打开《狮子王》找到这一段，证明给小本和特维斯看。

"你是说那部卡通片吗？"小本问道，他的嘴巴慢慢张大了。

我点点头，我感觉自己的嗓子不太舒服。我的声音才刚刚回来，我就说了那么多话，它太辛苦了，可是我不想变成一个没有声音的人。我用力咽了一口口水，然后接着说："它虽然是卡通片，但也有一定真实的成分。在这部电影里面，提到了生命的循环，还有万物循环的方式，那些都是真的。它还说了星星绝不只是充满气体的球。星星需要气体才能保持燃烧，因为那些气体就是它们的氧气。但是所、有、星星都有属于它们的心，"我说道，"哪怕是那些遥远得你根本看不见的星星。在你死了之后，如果你的心特别美好，就会进入太空，而你的身体就会留在这里，身体的其他部分会进入到土地中。要不然，怎么会每一颗星星都有自己的名字和故事呢？"

"但那不……"小本的嘴巴像是不受控制了，他想问的问题实在是太多，多得已经无法好好说话了，"但是谁负责把心取出来，再丢到太空中去呢？"

"星星制造者呀！"诺亚大喊道。他一下子跳起来，像狮子一样咆哮，然后开始绕着客厅奔跑。

小本和特维斯看着他，愣了几秒钟，然后又转过来看着我。

我耸耸肩。"我也不知道。我不是什么都知道的。这个问题，就连老的星星猎手都不知道！我唯一能确定的是，妈妈的心已经变成一颗星星了。我听见凯蒂也是这么说的。凯蒂是之前负责照顾我们的人。她对警察说，妈妈已经到天上去了，她会永远在天上看着我和弟弟。有一个警察说，妈妈年纪轻轻就走了，真是太可惜了，不过这个世界就是这样。所以，我没有撒谎。"

小本和特维斯都安静了。我知道他们一定是在想我刚才说的那些话。我知道他们肯定没办法反驳我，因为没有人能与科学家和星星猎手争辩，除非他们自己变成了科学家和星星猎手。而小本和特维斯并不是星星猎手，他们和我不一样。

特维斯的眉头皱得紧紧的，看起来都能夹扁一只虫子了。几秒钟后，他问："你知道在、在一个人变成星星的时候，会、会发出什么声音吗？"

诺亚停了下来，不再绕圈奔跑了。他走到我身边，抓住我的手臂。我闭上眼睛，回想自己曾经听到的声音。我记得有爆炸声，我的耳朵感觉很不舒服，还有奇怪的尖锐呼啸声让我耳朵一度失聪。我记得有头晕的感觉，因为我脚下的土地一直在摇晃，但我不知道怎么跟他们描述这一切，所以我只能说："很吵闹，很让人害怕。"

特维斯点点头，陷入沉思，好像他也在努力回忆着什么。

"如果她真的……就是，真的变成了星星，你打算做些什么呢？"小本问道。

"我要跟着她。"我说。诺亚点点头，高兴地抱着我的手臂。"我要找到她在天空停留的那个角落，确保那是一个我们能看到她，她也能看到我们的位置。"其实，我还想看看爸爸会不会也跟着她。因为如果爸爸也这样做，那么他也许会和我们同时找到妈妈，这样的话，他就能带我和诺亚回家了。但是不知道为什么，我不想告诉小本和特维斯这些。

"这是我这辈子听过最傻帽的话了！"客厅门边传来了一个声音。

我们都转过身去，诺亚也不再拽着我的手臂了。苏菲站在走廊上，把手指当成梳子轻轻捋着她的头发。她的眼睛闪着光，脸上露出嘲讽的笑容。她换下了校服，现在穿着牛仔裤和印着流行乐队明星头像的T恤，那些明星看起来好像也在嘲笑我。

“你妈妈才不是星星呢！”她说，“她走了，她再也不会回来了！说不定她是故意丢下你们的！要是我肯定就这样做，如果我认识像你们一样愚蠢的人！”

苏菲说完这些话之后，整整三秒钟，我们都没有反应过来。好像她的话把我们都变成了雕像。

终于，我缓缓地张开口，说：“你、收、回！”我爆发了。我听见小本和特维斯也在说话，我还看见诺亚朝她冲了过去，对着苏菲的腿拳打脚踢。

“啊！你这小东西！住手！”苏菲大喊着，把诺亚推到地板上。“妈妈！妈妈！快看！诺亚发疯了！妈——妈——！”

“什么？怎么了这是？唔？”伊乌楚库阿姨跑了过来，身上的围裙还没有完全解开。

突然，苏菲尖叫了起来。

原来是诺亚从地上悄悄地爬了过去，狠狠地咬了苏菲的腿一口。

“诺亚！不行！”伊乌楚库阿姨厉声呵斥着，拉开了诺亚。

诺亚一边哭号，一边不甘心地用拳头去打苏菲，一边发着抖，根本什么都听不进去。

“是……是我的错，妈妈！”苏菲说着，露出了伤心的表情，好像自己很难过似的，“可能是我说了一些不该说的话……”

“诺亚，别闹了，马上停下！”伊乌楚库阿姨命令道，同时把诺亚紧紧地搂在怀里。“苏菲，你说了什么？”伊阿姨生气地问。

“我说，我知道他们很想念自己的妈妈，我为他们感到难过，然后……”苏菲伸出手去摸了一下腿上的牙印，身体颤抖了一下。

“他就开始踢我了！”

我知道自己的声音已经回来了，可以告诉伊乌楚库阿姨：苏菲又想打开她的生气开关了，所以我张开了嘴。但是我什么声音也发不出来，我的嘴巴开了又合，合了又开，像一条饿肚子的鱼。

“妮雅，她在撒谎！”诺亚一边大喊着，一边伸长了腿想去踢苏菲。但是伊乌楚库阿姨正抱着他的手臂，而苏菲站得很远，他踢不到。

“你看？”苏菲发出了“啧啧啧”的声音。

“诺亚，不行！在这里我们绝对不可以打人、揍人、踢人或咬人！”伊乌楚库阿姨弯下腰来，平视着诺亚说道，“绝对不可以！好了，苏菲不是故意说那些话让你不高兴的，而且她很过意不去，是不是啊，苏菲？”

苏菲露出伤感的表情，点了点头，但只要伊乌楚库阿姨不看她，她就开心地笑。

诺亚跑回我身边，拽着我的上衣用力地抹了一把眼睛和脸。

伊乌楚库阿姨站直身子，看着我和诺亚，然后看着特维斯和小本。他们俩都低着头看地板，不敢和别人对视。

“好了！今晚发生的事情够多了！请所有人都上楼吧！”伊乌楚库阿姨对我和诺亚难过地摇摇头，说：“小本，特维斯，你们上去把作业写完，然后就睡觉！苏菲——去复习数学吧！诺亚，虽然你今天非常淘气，但我明白那是因为你之前还不知道我们家‘不打架、不咬人’的规则。这是你第一次这么做，我希望也是最后一次，好吗？好了。明天是你们俩的大日子，快去睡觉吧。几分钟之后我会上去看你们的。动起来！”

苏菲跑在最前面，迈开大步上了楼梯，“嘭”的一声把门关上了。小本和特维斯静静地、慢吞吞地走在我们前面。我知道他们有话要说，但是伊乌楚库阿姨走在后面，他们不敢说。

伊阿姨走到楼梯口就停下了，目送我们上楼，她说："不要吵闹——特维斯，不许玩电脑游戏！"她说完，转身走向厨房。

我们走到最上一级台阶时，特维斯已经走到了一扇亮灰色的房门前，门上挂着一块牌子，写着"特维斯的房间"。他停了下来，把遮住头发的刘海撩起来，转身对我们说："我们待会、会儿、去找你，让、让你用我的电、电脑。"他小声说着，眼睛又瞪得大大的，好像是想确认我听懂了他的话。

"是的，"小本补充道，"等伊乌楚库阿姨上来看过我们之后，所以你们别那么快睡着了，可以吗？"

我点点头，然后我和诺亚看着他们打开房门，走进房间里去了。

"妮雅，他们是我们的朋友吗？"诺亚悄悄地问我。我们经过了苏菲的红色房门，上面贴了一张大告示，写着"闲人免进"四个大字。然后又来到一扇紫色的房门前，上面挂着一块白板，写着"阿妮雅和诺亚"。不过这块白板已经不再洁白了，你能看到上面有粉色和绿色的痕迹，曾经写过别人的名字。

"是的，"我说着，打开房门，跟在诺亚身后走了进去，"我想应该是的。"

我先帮诺亚做好睡前准备，然后换好自己的睡衣，两人一起躺到床上。这样等伊乌楚库阿姨进来时，我们就能装睡了。以前在家里，有时妈妈听到爸爸回家的车声，就会催我们上床睡觉。我们争先恐后地爬上床，假装已经睡着了，这样爸爸就会以为我们没有打破他定的睡觉规定。但是我们从没试过躺在一起装睡，所以这次比以前更有意思，也没以前那么可怕。尤其是现在我们知道了，妈妈为了关心我们，竟然能打破地球的规律，我们知道自己再也不会被丢下了。

就这样，我一边紧紧抱着诺亚，一边攥紧脖子上的小银锁，紧紧地闭着眼，等着小本和特维斯来找我。

全银河系最盛大的比赛

伊乌楚库阿姨来房间里看了我和诺亚，她让我们好好睡觉，还要小心别让床上的臭虫咬了。一听到这句话，诺亚马上把头埋进我的臂弯里。我们就这样静静地等待着小本和特维斯的到来。但是没过多久，诺亚就睡着了。我从枕头套里拿出手绘的星图，走到窗边坐下。我拉开厚重的蓝色窗帘，抬头望着窗外的星空。

我很高兴伊乌楚库阿姨家里没有那种白色的轻飘飘的窗帘，这样我想当星星猎手就容易多了。之前妈妈把我们藏在一个不像样的宾馆里，那里总是弥漫着恶心的味道，窗户上挂着薄薄的窗帘，脏兮兮的，已经发黄了。住在那里，我感觉自己就像一只被旧蜘蛛网缠住的蜜蜂。可是今晚，虽然房间的窗户明亮干净，也没有恶心的脏窗帘遮挡我的视线，但我还是看不到一颗星星。天空中有大片大片的云朵，就连月光都无法逃出云朵的阴影，月亮就像一支没什么电的手电筒，只有淡淡的微光。

我全神贯注地听着门口的动静，等待着小本和特维斯。但是外面一直非常安静。我翻开星图，借着墙壁上的黄色小夜灯看了起来，思考着妈妈的星星可能会在哪里着陆。我希望她会停在一个我经常能看见的星座附近，比如说在猎户座腰带附近，或者那个带柄的大勺子——北斗七星——附近。也许她还能遇见旧相识呢，像她的妈妈和爸爸。塞米娜外婆和佩德罗外公都是非常好的人，我相信他们一定也变成星星了，妈妈也许能和他们其中一个组成双子星——双子星就是互相依靠的两颗星星，就像家人一样！我心想，这一刻，会不会妈妈也正在寻找他们呢？

突然，我听到"咔啦"一声。我转过头，只见卧室的门缓缓拉开一条缝。我知道肯定不是伊乌楚库阿姨，因为她从来不会这样慢吞吞地开门。她都是"哗"的一下直接打开，然后大步走进房间的。我马上把地图折起来，藏在身旁的窗帘后面。

"阿妮雅？"

一团蓬蓬的头发从门缝里冒了出来，紧接着就是小本那双睁得大大的圆溜溜的眼睛。

"我在窗户这边。"我小声回应着，站了起来。自从我的声音回来，我就不再像鱼一样说不出话来，感觉方便多了。

"快来！"他悄声说完，然后迅速回头看了一眼。

我看向诺亚。我觉得自己去做这件事不太好，但看到诺亚伸出一条腿挂在空中，还发出重重的呼吸声，我知道他已经睡得很熟了。我决定不吵醒他。

小本在门口等我，我踮起脚尖走到他身边。他伸出一根手指压在嘴唇上。"我们一定不能让苏菲听到，"他悄悄说，"要不然，我们就有大麻烦了。"

我点点头。小本小心翼翼地避开了地板上几块会嘎吱作响的木板，我踩着他的脚印，轻轻地跟在他身后，前往特维斯的房间。我还没去过别人的房间，也从未想象过别人的房间是什么样的。伊乌楚库阿姨提供给我和诺亚的房间很不错，但没有特维斯的房间那么酷。

特维斯的房间就像一座博物馆，收藏了好多动漫和超级英雄的玩具！四面墙都是银灰色的，我感觉自己踏进了一艘太空船。墙上贴着很多海报，海报上画着的是同一个卡通人物，他有一双大眼睛、一个小鼻子和一头黄棕色的头发，头顶上是锯齿形的“棋魂”两个大字。在床对面有一个巨大的书架，书架上摆着几百本漫画书，还有很多超级英雄的手办。这大概是我见过最酷的卧室了，我不禁开始想象小本的房间会是什么样的。

“我不应、应该在熄灯、灯之后用电、电脑的，”特维斯说着，招手让我过去，“所以你不能告数（诉）任何人！你保证！”

我点头，说：“我保证！”

特维斯坐在他洁净明亮的黑色电脑桌前，快速输入密码。我还没来得及扭过头去，就看到了他输入的密码：TravisHik123。这让我想起了爸爸。如果爸爸看到这个密码，肯定会摇摇头，让特维斯把密码改得复杂一点儿。爸爸的电脑密码超级长，至少用了 26 个字母的一半，而且很难记，有时候就连他自己都会忘记。

电脑一打开，屏幕上马上出现了《棋魂》中的卡通角色。特维斯立刻点开搜索引擎，输入了几个字：新星星的新闻

一瞬间，页面上就出现了各种各样的链接。特维斯点开了第一个。那是一条关于妈妈的星星的短新闻报道。

“不，”我说，“这里面没有说这颗星星要去哪里。也许我

们应该找一下新闻主持人说的那个比赛？”

特维斯点点头，输入了另一串关键词：新星星命名大赛。

这次的搜索结果要么是关于如何购买一颗星星，要么就是跳转到其他给小宝宝命名的比赛。

“为什么会有人举办给自己宝宝命名的比赛呢？”小本摇摇头，从帽兜里掏出一块饼干，“咔嚓咔嚓”地啃着。

“我们能不能输入主持人说的那个网址？”我问道。

“你能、你能想起来吗？”特维斯问道。

我点点头，闭上眼睛，努力回忆着主持人的声音和她说的话，然后用自己的嘴巴念了出来。特维斯一边听我念，一边输入网址：www.rmg.co.uk/royalobservatory。

不到一秒钟，一个巨大的黑色页面弹出来，占据了整个屏幕，我见到了这辈子最让我激动的一句话，它就这样黑底白字地呈现在我们面前：

> 快来参加全银河系最盛大的比赛，并帮助我们为新恒星命名！点击了解详情。

“哇哦！”小本发出一声低沉的惊叹。

特维斯迅速点击最后一行字的链接。另一个页面弹出来了，页面最顶端是一张照片。照片里，妈妈的星星在太空中飞驰。我感觉自己的胸口有一个气球正在迅速膨胀，我的鼻子忽然变得酸溜溜的，我知道这是因为我为妈妈感到自豪。她那么努力地想要照顾我和诺亚，甚至都变成一颗有名的星星了！

特维斯将页面往下滚动，在妈妈的星星照片下面有两个大框框，左边显示着依次变小的数字，右边框里的数字却一直无规律地变大。我们第一次看时，右边的数字显示着“23224”，过了一会儿就变成了“23428”，然后变成“23512”。

我们伸长了脖子仔细看，小本把页面上的内容大声念了出来——

倒计时：51:52:15　　　　　　参与人数：23578

最后三天！一起见证太空历史的新篇章！

格林尼治皇家天文台诚心邀请您为第一颗与地球亲密接触的恒星命名！

在10月19日，星期二的14点28分15秒，我们的宇航员率先观测到有一颗新恒星带着火光冲进太阳系。这颗看起来非常普通的恒星因其可能对地球造成危险后果而闻名于世，然而它并没有径直撞上地球，反而打破了物理定律，与地球的引力相抗衡，将自己拉回到遥远的外太空。

为了表彰这一恒星的壮举，并纪念太空史上首次出现的这一历史性时刻，我们举办了一次独特的活动，希望每一位地球公民都能够参与新恒星命名比赛，欢送它告别地球，飞向银河系。

致参赛者

在截止日期前，点击“这里”填写表格，在表格中提交命名作品及原因。名字只能包含一个词。因各国语言不同，为统一标准，现规定所有命名作品必须以英文字母拼写。

每位参赛者只能提交一个名字。

参与比赛的十六岁及以下青少年或儿童，需提交一位监护人或家长的姓名及电子邮箱。

截止日期：所有参赛者必须在 11 月 1 日（星期日）0 点之前提交命名作品。

获选方式：

比赛截止后，将由电脑随机抽取一位参赛者，选中即为获奖。获奖名字将在 11 月 1 日星期日晚上 19 点在科隆诺斯盛会上经由电视直播的方式向全世界宣布。科隆诺斯盛会是为了庆祝科隆诺斯手表品牌建立 250 周年而举行的庆典，盛会将在伦敦格林尼治的皮特·哈里逊天象馆举办。

获奖者将收到正式的邮件通知，并获得极具纪念意义的命名大赛荣誉证书，此外，还将获得由科隆诺斯手表品牌送出的特别限定版科隆诺斯手表一只。

在页面下端，有一张大大的图画，上面画着一张绑着黑色缎带的卷轴，还有一只我见过的最美丽的手表。它的表盘是海军蓝，上面镶嵌了一圈银色的数字，边缘还有许多闪闪发光的小星星光。普通手表的指针是一个直直的箭头，而它不同，它的分针是一颗银色的流星，时针是一弯新月。表盘的正中间嵌着金色的字，写着“Kronos250”。

“哇哦！”特维斯说，“这是我见过坠（最）、坠（最）美的手表！”

“是啊！”小本也连连点头，“简直就像詹姆斯·邦德[1]

---

[1] James Bonds，代号 007，是一套小说和系列电影的主角名称。

戴的手表！”他说完便沉默了。他看向窗外，凝视着暗黑的夜空。我想他是在想象着自己戴上那只手表的样子。

特维斯把光标重新滚回到页面上端。“但、但是，你们看，已经有这么多人提交他们的名字了！”他指着右边框里的数字说道。数字已经上升到“24112”。

小本的头从特维斯的肩膀上探了过去，摇摇头，说：“距离比赛结束还有五十一个小时呢！”

看着第二个方框中的数字，我突然明白了那些数字的含义，我的心脏怦怦直跳。“但、但是他们不能让别人给我妈妈的星星起名字啊！”我说，“我们一定要让他们知道，她已经有名字了！”

特维斯翻到页面的底部，找到那个表格，说：“我们可以填……填写表格，告数（诉）他们？”他建议道。

小本摇摇头，说：“他们不会看见的——他们可能会收到几百万份表格！你们忘了吗？这是全银河系的比赛啊！”

特维斯点点头。“等、等一下！”他说着，滚动了一下鼠标。在页面最底部，有一张黑色背景的列表清单。特维斯的脸凑近屏幕，点击了一下“联系我们”四个字。“也许我们可以明天打、打电话给他们，趁伊阿姨不注、注意的时候。”特维斯建议道。

但是当新的页面弹出来时，我们发现上面只有天文台的地址和一个电子邮箱。我们到处找都找不到电话号码。

“我们发邮件给他们吧！”小本说，“我和特维斯现在都有邮箱账号了！我们可以一人写一封信给他们！”

我摇摇头。“看这里。”我伸出手，指着电子邮箱下面的一行小字。

特维斯和小本都往屏幕前靠，特维斯大声念出那行字的内容。

“所有来信都会债（在）七天内收到回复。若您欲联系指定工作人员，请将邮件发送至以下邮箱：（员工名字）（员工姓氏）@rog.co.uk。”

“真是要命了！这说的都没用啊，”小本说着，咬住自己的下嘴唇，“我们根本不认识任何工作人员……而且我们也不可能等七天！”

“阿妮雅，你记得那个教、教授的名字吗？”特维斯充满希望地看着我，“就是新、新闻里的那个？你都想、想起来网址了，能不能想一下教授的名字？”

“哦，对了！她是工作人员啊！”小本高兴地拍了一下特维斯的后背，“干得漂亮！”

我紧紧闭上双眼尝试回忆。我想起她乌黑的长发，想起她眼镜的颜色，还有主持人问她问题时她的表情，但我就是想不起她的全名……

我摇摇头说：“我只记得她叫格雷什么教授。”

“那我们现在怎么办呢？”小本问道，绝望地看向我和特维斯。

一时间，大家都安静了。特维斯点了一下“返回”按钮，再次打开介绍命名比赛的页面。突然，我感觉我的大脑好像受了当头一棒，一下子有了灵感。我知道了！

“我懂了！我们可以直接去星星猎手在的地方！他们就在伦敦，肯定不会很远的！”

我看看小本，又看看特维斯，等着他们和我一样兴奋起来。但是，他们不仅没有露出激动的神情，反而皱起了眉。

“我们重（从）、重（从）来没有去过伦敦。”特维斯说。

“你当然去过，”我说，心想他们俩是不是有什么问题，“我们现在就在伦敦啊！”

小本摇摇头，说：“不，可能那是你以前住的地方吧。和你的爸爸妈妈一起。那时候还……”

我看着小本和特维斯。难道他们两个合起来捉弄我吗？但是他们的表情看起来非常认真，我开始觉得有点儿头晕了。让我想想。那天晚上，妈妈把我和诺亚从学校接走，说要和爸爸玩捉迷藏的游戏，然后就带着我们一起上了一辆的士。那辆的士开了很长时间，我当时都睡着了，等醒来的时候，太阳都下山了。我知道妈妈最后跟我们玩的游戏是要让爸爸找不到我们，但我不知道我们竟然离开了伦敦！那个黑西装阿姨也没跟我们说过寄养家庭在哪里，或者它离我们之前的家有多远。她只是一直说：“一切都会好起来的。”

“我们……我们在哪儿？”我问道。我能感受到自己的声音在发抖，好像它随时又会离家出走似的。

小本和特维斯都没有说话，而是对视了一下，脸上写着一个大大的问号。我感觉有什么东西从鼻子里流出来了，我生气地抹了一把鼻子。

然后，小本说：“韦弗利村。”他的语气非常平静，我几乎能感受到他语气中的同情。

“靠、靠近牛、牛津。”特维斯补充道。

我听说过“牛津”，因为有一本字典就叫《牛津字典》，但我不知道这个地方到底在哪里，所以我脑子里什么想法也没有。

“离伦、伦敦挺远的。”特维斯解释完，就又安静了。

我紧紧闭上双眼，希望他们别再说话让我难受了。但我说不出话来。突然间，我的脸变得湿哒哒的，还开始流鼻涕了。

“别哭了，阿妮雅，”小本说着，伸出手拍拍我的肩膀，“会好的。我刚到这里的时候也和你一样。”

“是啊，”特维斯说着，揉了揉鼻侧，好像在给它抛光，“我以、以前和妈妈一起住在沙、沙滩边上呢，搬到这里来真的让我很难过……”

我点点头，感觉有点儿不好意思，赶紧用睡衣袖子把眼泪擦干。

我看着小本和特维斯，张了张嘴，但是我的声音又消失了。所以，我只好用眼神告诉他们，我不管这里距离伦敦有多远，我也不怕这件事情有多难，我一定要把自己想说的话都告诉星星猎手！我还有五十一个小时能阻止他们给妈妈的星星起别的名字。我决定了，这就是接下来我要做的事。

时间老人的把戏

第二天早上吃早餐的时候，伊乌楚库阿姨在厨房一边烤吐司一边跳舞，小本和特维斯则一直在窃窃私语，还时不时看我一下。我很好奇他们在说什么。很快，坐在桌子对面的小本朝我俯过身来，伸出手放在嘴边弯成一个小喇叭的形状，对我说："阿妮雅，我们今晚要开会讨论'那件事'，知道吧？"

我点头，我也有很多想告诉他们的。

"看！"特维斯小声地说着，也俯过身来，还小心翼翼地左右看看，确保苏菲没有在我们附近。特维斯递给我一张纸。我马上打开纸条，发现里面一个字也没有，只有一些数字：

40:35:11　　　　1089247

时间越来越少了。

“这是什么？”苏菲问道。

诺亚坐在我身旁，一直用勺子大力地敲桌子，自言自语地念叨着自己早餐要吃的东西，所以我们都没有听到苏菲走过来。我马上把纸条攥在手心，塞进裤子口袋里，等着她接着说什么。就连诺亚也不再自娱自乐地说话了，而是看着苏菲，好像连他也知道苏菲是危险人物。

但是苏菲只是眯起眼睛，甩了一下她的马尾辫，说：“无聊！”然后就坐到她的椅子上了。

“可以吃啦！”伊乌楚库阿姨大声唱着朝我们走来，把手里的大盘子放在桌上。盘子里是刚刚出炉的热吐司，吐司上撒了一层黏稠的巧克力酱，最顶上是圆圆的香蕉片，“周五吃巧克力香蕉吐司！我是不是对你们太好了，嗯？”

小本和特维斯马上抓起一块吐司塞进嘴巴里，那架势好像已经一年没吃过饭一样。诺亚兴奋地在座位上晃来晃去。我帮他夹了一片吐司，放在他的盘子里，然后就看到他像蜥蜴一样伸出舌头去舔吐司上的香蕉片。

“阿妮雅？”伊乌楚库阿姨说，“你也要吃啊！你真的应该好好吃点儿东西了，亲爱的，不然我要带你去看医生了。我们家的小朋友可不能饿肚子！”

我点点头，夹了一片吐司放进盘子里。我想让伊乌楚库阿姨高兴，这样她就能告诉我韦弗利村距离伦敦有多远了。而且我确实感觉到肚子饿了，这还是妈妈离开我们之后我第一次觉得饿。

“谢谢你，伊乌、伊乌楚库阿姨。”我说着，咬了一口吐司。

“哦！我的天啊！什么情况！”伊乌楚库阿姨先是盯着我看，然后又看看其他人，大声喊道，“你在说话啊！阿妮雅！你的声音回来了！”伊阿姨兴奋地鼓起了掌，然后蹦蹦跳跳地跑过来给了我一个拥抱。她说：“啊，这真是太棒了！我们今晚必须好好庆祝一下，对不对？你的负责人如果听说了这个消息一定会很高兴的！”

特维斯和小本朝我暗笑，而诺亚则大喊着：“耶！耶！耶！”然后更用力地用勺子敲桌子。我忘了伊乌楚库阿姨昨天没有听到我说话，所以我也朝她微笑了。如果伊阿姨心情很好，那我问她问题应该更容易得到解答。

“妈妈，别那么傻了！”苏菲说着，张大嘴巴咬了一口吐司，“她昨天就会说话了！我亲耳听到的，只是她瞒着你而已！”

“哦……”伊乌楚库阿姨说着，脸上的笑容变淡了。

我看着桌子对面的苏菲。她表面上没有笑，但我敢说她心里一定在嘲笑我。

“没关系！这依然是一个好消息！”伊乌楚库阿姨说道，她试着表现出和刚才一样的快乐，“我们养母本来就不需要知道所有事情的，对不对？”

我不知道该说什么，所以我只是看着苏菲，给了她一个“我讨厌你”的眼神。我从来没有这样瞪过别人，就连在学校面对傻子史蒂芬的时候都没有——他总是叫我和诺亚“半熟面包”。因为我妈妈是巴西人，爸爸是英国人。但我肯定瞪的方式不对，因为苏菲看到我的眼神之后，不仅没有皱眉或露出伤心的表情，反而是一直笑着，直到她拿起书包去上学才停止。

等到小本和特维斯都去上学了，而我也把一整片吐司吃完之后，伊乌楚库阿姨让我带诺亚上楼去把我们的外套拿出来，她要带我们出门了。

“你是说，去街上的那种出门吗？”我问道，心里突然一阵激动。自从来到这里，我们最远也只去过花园里，但花园是被墙围起来的，所以不算出门。

“是啊，”伊乌楚库阿姨点点头，笑着说，“去大街上。我们今天要去见你们的负责人，还有一位特别的警察。请快去做准备吧！速度快，我们已经有点儿晚了。”

我牵着诺亚的手走上楼梯，心里已经不再感到激动了。我不知道什么叫“负责人”，但这个词听起来就不是很有意思。我也不喜欢警察，无论是多么特别的警察。我们躲在那个不像样的宾馆的时候，妈妈每次见完警察都会哭。不过，如果我们能出门的话，那我就能看看自己在哪里，再看看附近有没有火车站能让我搭火车直达伦敦。

我帮诺亚穿好外套和鞋子，伊乌楚库阿姨带我们上车，帮我们系好安全带，然后开车出发了。

一开始，我们沿着一段漫长曲折的道路往下开，路上有很多五彩缤纷的房子。过了一会儿，两边看不见房子了，道路也变得越来越窄、越来越小，最后甚至到了只要对面来车就要停下让人家先过的地步。我还从没有见过这么狭窄的路，我也不记得黑西装阿姨带我们去伊阿姨家的时候曾经过这里。

渐渐地，道路又变宽了。我们来到一个有很多车、很多人、很多楼房的小镇上。这里的房子都是用金棕色的石头搭起来的。我的脸紧紧贴着车窗，想看看路边的标志，但没有一块路标指向伦敦，也看不到这附近有火车站。

“我们到啦！”伊乌楚库阿姨说着，把车开进一条小路，停在一栋高高的大楼旁，大楼正门写着“牛津儿童服务中心”几个白色的大字。

“妮雅，看！”诺亚把手伸出车窗外指着一个毛毛虫造型的滑梯，“我们可以在那里玩吗？拜——托——”诺亚撒娇道。伊乌楚库阿姨帮他解开安全带，扶他下车的时候，他兴奋地鼓起了掌。

但伊阿姨摇了摇头，伸出手拦着诺亚，说：“现在不行，诺亚，待会儿我再带你去玩，你先乖乖的，好吗？”

诺亚点点头，而且第一次让伊阿姨牵他的手。

我不想牵伊乌楚库阿姨的手，但她并不介意，只是让我跟着她和诺亚一起走进那栋大楼。

“请问是伊乌楚库女士吗？”我们走向服务台时，那里的工作人员问道。服务台的姐姐穿着一件毛衣，上面有一只用亮片绣成的熊猫；她的头发又黄又卷，像一团意大利面；她的眼睛是明亮的蓝色。她身边还站着一个高个子的姐姐，穿着白色衬衫和黑色裤子，头发扎成一根根小辫子，再扎成一大捆马尾，戴着一副银色眼镜，镜框和她眼睛一样圆，这让她看起来像一个机器人。

伊乌楚库阿姨点点头。

“啊！我是特雷弗斯，这位是来自刑事侦缉处的卡洛琳·路易斯警官。这两位一定是诺亚和阿妮雅了。”那个姐姐说着，弯下腰来看我们。她和我握手，然后又和诺亚握了一下。

“请跟我们来吧！”特雷弗斯说完，笑着带我们走进一间小房间，里面到处都是灰色，唯一不是灰色的，是一张小桌子，上面放了几包彩色笔、几张纸，还有满满一盒乐高积木。

“好了，阿妮雅，诺亚，一般情况下，我应该好几个星期都不见你们的，这样你们可以和伊乌楚库女士一起在新家好好适应一段时间。”特雷弗斯姐姐说完，任由诺亚自己跑去乐高盒子那边玩耍。“我也知道你的家庭联络员和格兰杰小姐应该告诉过你我很快会和你们见面……”她看着我和伊乌楚库阿姨说道。

我和伊阿姨刚在一张灰色沙发上坐定，而她和那位神情严肃的女警官则坐在我们对面的椅子上。我尝试着回忆她说的这些人都是谁，但我怎么也想不起来。

“可是现在，我和路易斯警官需要向你了解一些情况，是在你妈妈……离开之前的事。我们想问你一些问题，可以吗，阿妮雅？”

特雷弗斯姐姐、机器人女警官和伊乌楚库阿姨都盯着我看，等着我开口说话。可是我的声音又逃走了，我只能点点头，把手压在屁股底下坐着，因为我发现自己的手和冰块一样冷。

“好孩子，”特雷弗斯姐姐说，“如果有任何你不想回答的问题，你可以不用说，如果你觉得实在难以开口，你可以把答案写下来，或者画给我看，用这些文具，明白吗？”

特雷弗斯姐姐说着拿了一些白纸和彩笔放在我旁边。我点点头，抬头看着墙上的塑料钟表。特维斯用纸条告诉我，我们只有四十个小时的时间能阻止皇家天文台的星星猎手给妈妈的星星起错误的名字了，但那发生在一个小时以前，所以现在我们只有三十九个小时……

特雷弗斯姐姐看着夹板上的纸，问了我很多问题，其中有一些是以前凯蒂问过我的。凯蒂是妈妈在那家不像样的宾馆里认识的朋友。她们问的问题都是关于爸爸妈妈的，比如爸爸平时喜欢和我们玩什么游戏。我记得有一个“回家游戏”——我、诺亚和妈妈每天放学后都要全力冲刺，必须在下午4点准时到家，这样才能及时接到爸爸打回家的电话。爸爸无论在多远的地方，哪怕是在另一个国家出差，也总是能每天 4 点准时打电话回家，因为他要确保我们都到家了，而且很安全。还有"先消失后道歉游戏"。每次爸爸打坏东西，比如盘子或椅子，又或者是妈妈在他移动家具时摔倒后，他就会玩这个游戏。要玩这个游戏，首先他会消失好几个小时，之后带着鲜花、玩具、巧克力和礼物回家，然后开始道歉，他会在一小时内说至少五十次"对不起"。我们家还有很多其他游戏呢，但我不想大声说出来，只在纸上写了一些。大人总是让我回答一样的问题，真是太累了，所以我没有写很多字，只留下一些短短的答案。

就在这时，机器人一样的女警察开始问一些新问题——关于妈妈走的那一天。我发现自己的手不听使唤，写不了字，耳朵也觉得一阵刺痛。因为——说实话，那天的事我一点儿都记不起来，没什么印象。这个发现让我觉得害怕。我当然不想忘记最后一天看见妈妈的情景，但是每次我试着去回忆那天她的模样、她穿的衣服和她对我说的话时，我的大脑就会感到眩晕。我开始担心自己会不会把关于妈妈的一切都忘了。这让我想起了妈妈以前跟我说过的一个故事——《时间老人》。

时间老人会捉弄那些他不喜欢的人。在这个故事里，时间老人非常不喜欢人类。因为人类总是浪费他的礼物，只会用时间去换取金钱或者发动战争。所以，为了惩罚人类，他让世界上的所有时钟都走得越来越快、越来越快，直到人们再也记不得自己爱的人，想不起他们曾经拥有的幸福时光，更不明白为什么自己一眨眼就变成头发花白的老头、老太太了。只有那些知道怎么用时间换取幸福的小朋友们逃过一劫。所以，为了阻止时间老人，你必须像小朋友一样每天都过得无比幸福，并且要感激生命中的每一分钟。一旦你没有这样做，时间老人就会让你的生命加速，让你一下子就变成一个健忘的、悲伤的老人。我猜，妈妈消失那天我一定做了什么不对的事情，因为从那天以后，我就感觉时间过得飞快，而我的记忆也不再完整了，脑海中的画面都像模糊的碎片——像一幅未干的油画，不小心被人泼了一杯水。

关于妈妈消失那天，我能记得的事情有——

我记得一大早醒来，看见妈妈在房间角落的小洗手池边上刷牙，刷完牙后，她把头发扎成一个马尾辫。她不再为爸爸留披肩直发，也不再为爸爸每天精心梳头了，妈妈的头发现在又卷又有弹性，就像我和诺亚的头发一样。她也不化妆了，因为她说自己不需要每时每刻都看起来那么漂亮，但我觉得妈妈不化妆更好看。

然后，我记得自己脱下了那天的“伪装服”。我们把在“不像样宾馆”里穿的衣服都叫“伪装服”。因为那些衣服是从一个大垃圾袋里拿出来的，那不是我们自己的衣服，都是别人送给我们的，这样的话就没人能认出我们来了，我们就能在捉迷藏游戏中获胜，不会被爸爸找到了。

我记得自己穿好衣服之后，问妈妈好不好看。我记得妈妈放下了手上的一大叠纸。那些纸能帮我们躲到更好的地方去，但是它们让妈妈露出了伤心和担忧的表情。我记得我问了妈妈需不需要我帮她处理那些纸。我记得妈妈对我微笑了。妈妈的笑容是全世界最美的，每次只要她笑了，她身边的人都会笑起来。我记得自己感觉很幸福，当时我还希望有一天自己的牙齿能像妈妈的一样白、一样闪亮。我记得妈妈跟我说话了，但每次当我想努力回忆妈妈说了什么的时候，我的记忆就变得模糊，而且“咻”的一声，时间就快进到了妈妈带我们去玩具屋时的场景。至于早餐时发生的事情，还有妈妈给我和诺亚最后一次做烤面饼时的模样，我一点儿也记不得了。

我记得费莉希蒂，她是负责照顾我们的人，那天她给我们开门，跟我们打了招呼。我记得妈妈让诺亚不要淘气。我记得妈妈弯下腰来亲吻我们的时候，她的头发抚过我的脸时那种痒痒的感觉。我记得她的声音，她说："我们待会儿见，你们两个要乖乖的，别忘了中午要多吃蔬菜！"现在，如果我紧紧闭上眼睛，合上耳朵不听外面的声音，非常用力地想，我甚至能记得妈妈朝我们挥手的样子，记得她眼里闪亮的光芒，记得她在跟我们告别时皱起鼻子的小动作。但也就这么多了，在这之后，我的记忆又变得模糊，"咻、咻"两声，时间过得飞快，留给我的只有镜子碎片一般的记忆片段，比如——

玩具屋突然变得空荡荡的，所有小朋友都走了。

凯蒂一边看着手表一边打电话，还摇着头说："打不通。"

玩具屋外面的花园渐渐暗了下来，变得越来越黑、越来越黑……

"咻咻咻"！时间飞逝，一眨眼已经是晚上8点了。我很清楚地记得是8点整，因为在凯蒂打开电视室的房门时，我忍不住抬头看了一眼时钟。我以为妈妈会和她一起进来的。但我没有看到妈妈的身影——房间外站着两位警官，他们两个人的眼睛都是水汪汪的，而且都在看着我。

我记得的最后一件事就是，自己一直在看墙上时钟的指针——时针一直停留在数字"8"那里，好像不愿意往前走似的。这时候，我的记忆愈发捉弄我了，周围的声音变得黏糊糊的，别人说的话都乱七八糟的，让人听不懂，就好像有一台无形的吸尘器在吞食这个世界，一切都变形了。我耳朵听到的词只有："家庭……负责人……你妈妈希望……离开了……你们……很抱歉……明白……必须离开……"

我不记得那些话是谁说的，也不记得中间遗失的话语是什么，更不记得是谁的手搭在我的肩膀上让我浑身发冷。我唯一知道的就是，当时我听到胸口传来一声碎裂的巨响，空中仿佛发生了一场巨大的爆炸，整个世界"咔"的一声停住了，地球也不知该如何转动。我看看在我身旁的费莉希蒂、凯蒂和那两位警察，想知道他们有没有听到这些巨大的响声，但他们的嘴巴还在一张一合地说着话。我明白了，他们都听不见，因为如果他们听见了，不可能还若无其事地说话。然后我低头看看诺亚，他正抬头看着我，满脸通红，脸上挂着泪水，嘴巴轻轻地张开了，我知道他也听到了那些声音。那是妈妈的心脏离开身体、变成星星的声音。

但我没办法把这些事情写下来，我也不想让特雷弗斯或是那个机器人一样的警官知道我记不清事情了。我静静地等着，直到她们累了，不想再问我问题为止。最后，她们问出了那个我一直很想听到的问题。

"那，阿妮雅……你有没有什么想问我——或者路易斯警官的？"

我抬起头看着特雷弗斯，张开了嘴巴。我能感觉到自己的喉咙在努力地发出声音。过了几秒钟，我听见了自己的声音："这里离伦敦有多远？"

特雷弗斯皱了皱眉，看了我一眼，然后看向警察，再看看伊乌楚库阿姨。"确实，你以前住在伦敦，所以你想知道这个也是可以理解的。”她说着在夹板上快速写了几个字，“阿妮雅，从这里坐火车只要一个小时就能到伦敦，如果坐大巴或小汽车的话会久一点儿，但也不是非常远。等一切都安顿好了，请伊乌楚库阿姨带你去那边走走怎么样？”

伊乌楚库阿姨点了点头。

“还有什么要问的吗？”

我还有五十多个问题想要问她。比如：爸爸在哪里？他知不知道我们现在在什么地方？他是不是决定不再找我们了？住在寄养家庭是不是代表我再也不能回家了？我们是不是永远回不去了？我的星球仪怎么样了？还有我的那些书、我最喜欢的万圣节服装、诺亚最喜欢的发光运动鞋、诺亚晚上要抱着才能睡着的胡迪玩具[1]……

但我什么也没有说，只是摇摇头，再次看向墙上的时钟。又过去一个小时了，我只剩下三十八个小时了。一想到这里，我的腿就不安得想要逃跑。但我不会这样做的。因为无论时间老人想要怎么捉弄我，从现在开始，我都不会让他得逞，我不会让他再夺走属于我的任何东西了。

[1] “胡迪”是卡通片《玩具总动员》中的角色。

秘密侦探

当我们从儿童服务中心回到家，伊乌楚库阿姨让我和诺亚在客厅玩耍，她去做比萨，那是我们今天的午餐。因为今天是周五，她把收音机音量开得特别大，而且唱着奇怪的歌，好像她快要窒息了似的。收音机说现在是〝歌剧时间〞，我猜这个时间就是为了让那些不怎么擅长唱歌的人能大胆地放声歌唱吧！

伊乌楚库阿姨给了诺亚满满一箱子小汽车玩具，现在，诺亚手里正抓着两辆车在模拟一场汽车追击战，而我则开始思考特雷弗斯姐姐说的话——从这里坐火车或大巴就能去伦敦。可是，当伊阿姨开车带我们回来，再次穿过那座到处是奇怪的教堂建筑的小镇时，我认认真真、仔仔细细地看了，到处寻找火车站和大巴，却没有发现它们的踪影。我只看到了一块牌子，上面写着：欢迎来到历史悠久的牛津城。街上有很多小汽车和来来往往的人，人们都穿着奇怪的斗篷，还骑着自行车。

突然，我又想到办法了！

我只要有一辆自行车就可以了！如果特维斯和小本有自行车，而且愿意借给我，那么我就能骑着车去找那些给妈妈的星星命名的星星猎手！这可能会比坐大巴和火车的时间长一点儿，没关系，反正我也没钱坐车，而且我骑自行车的技术很不错。以前爸爸教我骑车的时候，还夸过我是个小天才。

我思考完这些，决定待会儿去问伊乌楚库阿姨很多问题，并且不能让她知道我真正想问的是什么。以前在家里，每次爸爸的银行派他去外地出差时，就到了妈妈想做什么就做什么的时间，她会把自己裹在一张毯子里看侦探片，片子里的主角说话口音很搞笑，留的胡子更加搞笑。他总是会问人家很多问题，但是他很聪明，那些问题看起来容易回答，实际上一点儿也不简单。问完之后，他就会点点头，摸摸自己的胡子——这个动作说明他已经得出结论，胜券在握了。我接下来也要这么做——我要像这个侦探一样，悄悄地得到我想要的答案，并且不让任何人发现我真正的目的。既然我没有胡子，那我就摸一摸我的眉毛吧！

我让诺亚在客厅里一个人玩，自己走向厨房。伊乌楚库阿姨站在洗碗槽旁削土豆，跟着收音机里音乐的节奏摇摆着她的浅绿色长裙。光看背影，真让人以为她是一棵随风摇摆的柳树。几秒钟之后，她转过身来，猛地往后退了一步，用左手捂住自己的胸口，说："哦！阿妮雅！我刚才没看见你！你吓得我心脏病都要犯了！"妈妈看的电视剧里，每次人们看见侦探的时候都会做出这个动作，我知道自己已经是一个合格的侦探了。

"伊乌、伊乌楚库阿姨，这里有自行车吗？我想骑一下。"

"你是说去外面骑吗？现在？"伊乌楚库阿姨皱起眉头，看着窗外。远处天空中有大片灰色乌云朝这边移动，还飘着零星几滴雨点。

“可是，阿妮雅，今天有一点儿冷呢，而且外面好像马上就要下雨了，明天再骑吧，怎么样？”

“那、那也就是说这里有自行车，对吧？”我问道，尽量让自己保持冷静，不要露出兴奋的表情。

“是啊，你当然可以和特维斯、小本甚至苏菲借自行车，”她笑着说，“自行车都停在车棚里，等天气好一点儿就能把它们推出来了。我还要看看能不能给你找一个头盔。”

我点点头，想起了侦探的招牌动作，于是摸了摸两边的眉毛。从外表上看，我的表情一点儿变化都没有，但是我内心已经激动得不得了了，我的大脑在上蹦下跳地翻着跟头，对着空气一边打拳一边欢呼：“太！棒！啦！”

我不想让伊乌楚库阿姨猜到我打算做的事，所以决定等一个半小时之后再问出我的第二个秘密问题。电视里的侦探从来不会一次性问完，否则嫌疑人可能会有所察觉，所以我会在她放松警惕的时候再问。如果我每隔一个半小时就问她一个问题的话，那在小本和特维斯放学回来之前，我至少可以弄清楚三件事！

自从我决定等一个半小时才问问题之后，我就觉得时间过得非常慢，非常怀疑时钟是不是坏掉了。但我是不会放弃的！我先和诺亚一起画画，然后和伊乌楚库阿姨一起摆好桌上的餐具，再慢慢地把比萨吃掉，接着更加慢吞吞地把橙汁喝掉，终于熬过了一个半小时。

我把杯子放下，用手背擦了一把嘴巴。诺亚模仿我的动作，用手背抹了一下嘴巴，然后发出“咯咯咯”的笑声，等着看我接下来要做什么。

"伊乌楚库阿姨？"

伊乌楚库阿姨咬了一口比萨，说："什么事？"

"你喜欢看地图吗？"

伊乌楚库阿姨又一次像电视剧里的人一样，露出了惊讶的表情，我知道自己问对问题了。"呃，不喜欢……我不常看那个……我一般开车都用卫星导航。你想看看吗？"

我点点头。只见伊乌楚库阿姨走向厨房窗户放着红色收音机的地方，然后从插座上拔下一个东西。

"这个已经很旧了，但是伊乌楚库叔叔很喜欢用它。给你。"她说着，打开它后递给了我。

我从来没有将卫星导航拿在手上过，因为妈妈和爸爸的导航都是固定在车里面的，而且从来不需要拔下来插在墙上充电。这个卫星导航就像把一台小型黑色电视机和电子游戏机合在了一起。诺亚从我的肩上探出头来看，只见屏幕闪了一下，又黑屏了。

"啊，天啊！我忘记把充电开关打开了，"伊乌楚库阿姨说着把卫星导航拿了回去，再把它插到墙上的插座上，"我真是太不擅长给这些东西充电了！"

"喔。"我应了一句，不知道特维斯能不能在网上找到我要的地图，然后帮我打印一份呢！

"但我确实有一份《伦敦百事通》……"伊阿姨说着坐回椅子上，用餐巾擦了擦嘴巴。

诺亚不模仿我了，开始模仿起伊阿姨，也拿起了餐巾。不过，他并没有用餐巾擦嘴巴，而是胡乱地把整张脸擦了一遍。

我想知道她说的《伦敦百事通》是什么。难道她以为我想要的是字典，而不是地图？

不过，伊阿姨马上又说了：“每次我开车去伦敦的新地方时，都会带上它。有时候卫星导航也会出错，所以还是多一手准备比较好！为什么这么问呢，阿妮雅？你喜欢地图吗？”伊乌楚库阿姨侧着脑袋看着我，她这样看起来有点儿像小本。

我点点头。

“嗯，这可真有意思。我还没见过对地图感兴趣的人呢！”

“那我可以……我可以看一下《伦敦百事通》吗？”我问道，感觉自己连脚掌都开始兴奋了。

“当然，”伊乌楚库阿姨笑着说，“就在客厅的某个书架上。你想什么时候看都行。”

我的大脑好像又在蹦床上弹跳一样振奋了。我点点头，摸一摸眉毛，强迫自己不能再问问题了。

吃完午饭，伊乌楚库阿姨帮我找到了《伦敦百事通》。那是一本奇怪的书，几百页都画着黄色的道路、绿色的斑点，每一页的顶上还有数字、线条和写着字母的方块。我以前在教科书里看过这样的地图，但我不知道应该怎么用它去找到星星猎手。我决定让特维斯在他的电脑上帮我找一份简单一点儿的地图，我要把这本难懂的书还给伊乌楚库阿姨。

我假装把这本书翻了一遍，这样伊乌楚库阿姨就会以为我真的对它感兴趣了。我一边翻，一边绞尽脑汁地想该怎么问出我的最后一个问题。我要想一想用什么办法委婉地说出“手电筒”这个词。但不管我怎么想，都找不到其他能替代的词。我总不能跟伊乌楚库阿姨要一支荧光棒或是“发光的机器”吧。那也太不合逻辑了。这也让我意识到，这世界上有一些词是不可能用其他词汇来替代的。

最后，在伊乌楚库阿姨教诺亚怎么像电视上的人一样让手指关节“咔咔”响的时候，我问：“伊乌楚库阿姨……能不能……请你给我一支手电筒？”

伊乌楚库阿姨睁大眼睛看着我。“手电筒？”她问道。

我点点头。我看得出来，她在认真思考什么。就在这时，我不自觉地说了一句谎话。我甚至不知道自己在说什么，直到我听到：“我不喜欢在黑暗中睡觉，要抱着手电筒睡。”

我能感觉到自己的脸越来越红，它不喜欢听到谎话。我从来没有抱着手电筒睡过觉，所以我的脸没办法保持平常的样子了。但我需要手电筒才能去妈妈的星球上，而且我知道，妈妈肯定会同意我撒个小谎的，因为这样能让我更加安全，也能让伊乌楚库阿姨不那么担心。妈妈以前为了不让别人担心我们，也经常撒谎，她撒起谎来也会脸红呢！

伊乌楚库阿姨用手指戳了戳脸颊，过了几秒钟，说：“好吧，我想我们家肯定有手电筒的。我看看能不能找出来给你，好吗？”

我点点头，继续假装自己在读《伦敦百事通》。我已经把自己想问的都问完了，不需要再假装侦探了。只要等小本和特维斯回来，我就会把自己的计划全部告诉他们，再跟他们借一辆自行车，还有一个头盔。我需要他们帮我离开这里，还要他们教我怎么看地图，但只要我在明天晚上之前完成所有的任务，我就能在截止时间之前阻止那场帮妈妈的星星命名的比赛。

可是，3 点 40 分了，平常这个时候，小本和特维斯应该都到家了，今天两人都没回来。4 点了。5 点了！他们还没出现。我想问问伊乌楚库阿姨他们在哪儿，为什么这么晚还不回家，因为我很不喜欢别人在应该到家的时候不见踪影，这让我的胃非常不舒服。

终于，在 5 点 45 分的时候，前门打开了，我听见了小本和特维斯朝走廊跑来的脚步声。

“孩子们！先吃晚饭！”伊乌楚库阿姨大喊道。他们两人同时在厨房里冒了出来，身上的衣服和短裤全是泥巴。

“太棒啦！是汉堡和薯片！”小本说着，一屁股坐在餐椅上，伸手从桌子中间的大盘子里抓了一个汉堡包。“以（你）好，阿以（妮）雅。以（你）好，诺亚。”小本张开大嘴咬了好几口汉堡包，整张嘴圆鼓鼓的好像马上就要喷出来似的。

诺亚戳了一下我的手臂，表示他也想要一个汉堡包，我朝他点点头。

“给苏菲留一点儿薯片哦！”伊乌楚库阿姨说着，把一个装满了薯片的铁盘放在我们面前，“她上完游泳课回来一定会肚子饿的。”

小本和特维斯点点头，一人又抓了一个汉堡包，不用三十秒钟就吃完了。

小本像一只骆驼一样嚼着，用力了吞下一大块汉堡包，又抓了一大把薯片塞进嘴巴里。突然，他跳起来大喊道：“伊阿姨，我要去、以（洗）澡了！”

“好啊！”伊乌楚库阿姨站在炉灶前大声回应着，我们能听到她还在煎什么东西，炉灶上传来“滋滋”的声音。

“我也、也是！”特维斯说着，站起来把餐椅推了回去，餐椅和地板摩擦发出了刺耳的噪声。

“阿妮雅！等你吃完晚饭，过来特维斯的房间，知道吗？”

小本在餐桌上俯下身子对我小声地说。

“好。”我悄悄回应道。

“我们有一些、些东西要给你看！”特维斯说，看起来很兴奋。他一边舔着粘在牙套后面的薯片，一边朝我竖起大拇指，然后就和小本比赛着冲出饭厅了。

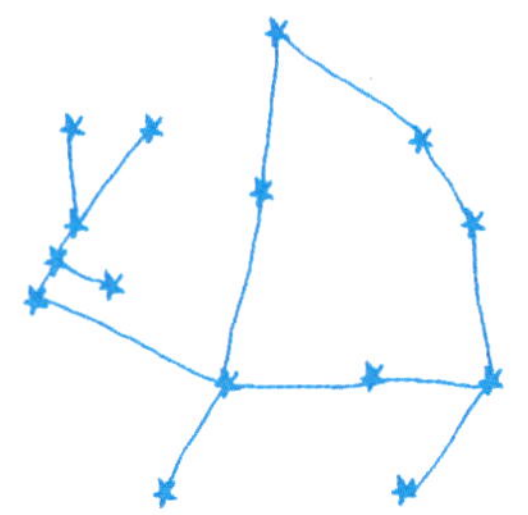

午夜绝密计划

“你吃完了吗，阿妮雅？”伊乌楚库阿姨看到我站在餐桌旁问我。

我点点头，希望她的“可以随时离开餐桌法则”对我也适用，就像对小本、特维斯和苏菲一样。

伊乌楚库阿姨低头看着我的盘子，里面放着吃了一半的汉堡包。我努力想把它吃完，但是我喉咙的“门”已经关上了。它已经迫不及待地想去找特维斯和小本，看看他们要给我看什么东西了，兴奋得都不愿意让食物进去了。

“唔……”伊乌楚库阿姨皱着眉头说，“我想你待会儿还得喝一点儿牛奶，怎么样？”

我点点头，告诉伊乌楚库阿姨，如果她能让我现在离开饭厅的话，待会儿我会把冰箱里的所有牛奶都喝光。我听见楼上的木地板在“嘎吱、嘎吱”响，这说明特维斯和小本一定已经洗完澡了，我一秒钟都不能再等了。

“那好吧，你去吧！”伊乌楚库阿姨说着，把自己的椅子往里拉了一下，给我从她的座位和橱柜之间腾出位置来。

“我也是！”诺亚说着，把手指上最后一点儿番茄酱吮得干干净净，然后从椅子上跳下来跟着我走。

前门传来“砰”的一声巨响，苏菲朝着走廊冲过来，脚步快得像一阵龙卷风。她走进饭厅，把书包扔在地板上，生气地喊了一声：“饿死了！”然后瞪着我，好像她肚子饿都是我的错。

我告诉自己保持镇定，不要脸红，接着快速走出饭厅上楼了，诺亚在我身后紧紧跟着。我在特维斯的房门前停了下来，还没来得及敲门呢，门就打开了。

“请、请进。”特维斯说。他的声音听起来很奇怪，因为他那一头闪亮的棕发此时正湿哒哒地盖在他的脸上，像一条棕色的瀑布。他的头发正往下滴水，滴滴答答的水珠洒得到处都是。

诺亚在我之前推开房门进去了，径直冲向特维斯的书架去看那些超级英雄的模型。

“小、小心啊，”特维斯说着，立马把一些比较大的模型移到诺亚够不着的地方。“你、你可以玩这个。”他说着，递给诺亚一个蝙蝠侠的模型。“还有这、这个。”他补充道，又递给诺亚一个绿巨人浩克的模型。

诺亚认真地点点头，然后把两个模型紧紧抓在手上，就像握着两根棒棒糖，忍不住想要吃掉它们一样。

“小本在哪里？”我问道。

特维斯关上了门。“还、还在换衣服。”他耸了耸肩，盯着我看了整整七秒钟，眼睛都不眨。

“看。”他说着，转过身去翻他的帆布包，从里面掏出一份报纸。“是你的，呃，星、星星。”

我低下头去看报纸，余光瞄到诺亚也朝我这边跑来了。那份报纸的封面印着我们昨晚在新闻上看过的那张照片：妈妈的星星奋力燃烧着，冲、冲、冲，划破漆黑的夜空。在这张照片之上，写着几个大字：最新的摇滚巨星！

我拿起报纸，把它展平，这样诺亚和我就能好好地欣赏那张照片。我感觉自己内心有一枚火箭正在缓缓升起。妈妈不是一个普通的星星！她是一颗摇滚巨星！一个真正的摇滚巨星！我真想紧紧地抱着报纸，一万年都不放手。如果特维斯不在这里的话，也许我真的会这么做，但是他现在就站在我旁边，所以我只朝他笑了笑，说：“谢谢你。”

“妮雅？这真的是妈妈吗？”诺亚问道。他的脸朝报纸越靠越近，鼻子都贴到报纸上了。

我点点头，突然，他往前一靠，“吧唧”一口给了照片上的妈妈一个大大的吻。我差点儿忘记这个声音了。妈妈以前接我们放学的时候，诺亚就是这样热烈地亲吻妈妈的。

“你、你可以拿走它。”特维斯说着，露出了骄傲的神情。

我低着头凝视着那张报纸，想要马上就把所有描述妈妈的文字都读一遍。但我想自己一个人的时候读，这样我才能更加近距离地欣赏那张照片，才能沉浸在报纸上的文字中，就像享用一杯美味的花生奶油奶昔一样。我强迫自己将视线从报纸上移开，朝特维斯点了点头。

“这是我重（从）、重（从）学校老、老师那里拿来的，”特维斯咧开嘴开心地笑着说，“还、还有这个，是小本和我一起准备的。”

特维斯转过身，又在他的帆布包里翻找了一会儿，这次他掏出了一本书。

“我从图书馆里拿、拿的，从我们学、学校图书馆的旅游书架上，”特维斯解释道，“我们班去年就去旅行了，但我们没、没去，因、因为我们上学太、太晚了。”

我把报纸递给诺亚，提醒他要特别小心地拿好，然后接过特维斯递给我的那本干净得发光的书。在书本封面的一个角落处，有白白胖胖的“纪念品指南”五个大字，在封面的中间，是一张高大的红砖头房子的照片。这个房子的边缘围了一圈球形小灯泡，就像轮船上的小灯泡一样，并且它的屋顶也不是普通的尖顶，而是一个巨大的灰色圆顶，看起来像一个被切开一半的洋葱，但这半个洋葱屋顶还有一块缺失的缝隙。从缝隙正中央伸出来的一架巨大的白色望远镜。

我快速翻阅这本书。书里展示了很多老照片——奇形怪状的机器、巨大的望远镜、金色斗篷、像地球仪一样的地图，还有历史名人伸手指着窗外的照片。这是我看过的最棒、最让人兴奋的书。

“看、看这里！”特维斯说。

他把书从我手里拿过去，一下翻到书的背面。那里有一张横跨两页的地图——《伦敦格林尼治地图》。图中有一条亮蓝色的曲折河流，旁边写着“泰晤士河”，河边还有很多卡通版的建筑，有白金汉宫、大本钟以及圣保罗大教堂。这些地方，以前妈妈带我去过。还有一栋像子弹一样的奇怪高楼，名字叫“小黄瓜”，这是我从未见过的。它们都紧密地排列在河的一边。河对岸有“伦敦眼”，它看起来像一座摩天轮，但我知道其实它并不是摩天轮。在伦敦眼旁边画着很多树，然后就是一艘看起来像海盗船的轮船，船上挂着好多船帆，旁边写着它的名字——“卡蒂萨克”号。还有一幢平顶建筑，看起来像一座小城堡，名字叫“女王的宫殿”，以及一栋宏伟的建筑——国家海事博物馆。在所有这些建筑物之下，在一大片绿色之中，就是那栋伸出一架望远镜的灰色圆顶房子，名字叫“格林尼治皇家天文台”。

“那就是我们要、要去的地方。”特维斯说着，指着那架望远镜。

“太好了！”小本突然说话，把我和特维斯吓了一大跳。“怎么了？”他问道。他拍拍自己的头发，疑惑地看着我们，好像自己早就在这里了。他的头发也是湿湿的，但是因为很蓬松，所以没有一滴小水珠跑出来。小水珠都乖乖地待在他的头发里，像一颗颗等待点亮的小灯泡。小本又把他的纽卡斯卫衣前后反穿了，但这一次他没有从帽兜里掏出饼干，而是吃着手里拿着的一大包薯片。

我又看向地图，试图找到“韦弗利村”的位置，但我在地图上没有看到任何村庄。

“我们这个村在哪里？”我把地图递给特维斯，让他指给我看。

但特维斯摇摇头。“我们不在这张地图里。这里面只、只有伦敦。”

“我们能不能在你的电脑上下载一张更好的地图？”我问道，“有没有地图能告诉我们怎么从这里去到星星猎手那里？”

“我看看！”特维斯说完，走到电脑桌前坐下，打开了电脑。

小本和我站在椅子的后面，静静地等待着。我们知道电脑里一定有答案。电脑能回答世界上所有问题，而且它说的绝大部分都是正确的。所以我要在星星猎手用电脑给妈妈的星星起名之前找到他们。如果我不能及时赶到那里，大家都会相信电脑，不会相信我了。

“你们在看什么呢？”诺亚问道。他已经放下了报纸，手里还抓着特维斯的玩具模型朝我们走了过来。诺亚很喜欢电脑。以前在家里，他常常因为想玩爸爸的电脑而闯祸，哪怕爸爸下过命令说我们永远不能碰他的电脑。如果我们碰了电脑，爸爸的生气开关就会马上打开，但是诺亚有时会忘记规则。

地图页面打开了，小本先是输入我们所在的村庄名字，然后在一个写着“目的地”的框框里输入“格林尼治皇家天文台”。一瞬间，有好几条不同颜色的路线弹了出来。第一条路线上画着一辆小汽车，汽车旁边写着“两小时三十四分钟”；第二条路线上画着一个火车头，旁边写着“一小时五十四分钟”；第三条路线上画着一个正在走路的火柴人，旁边写着“一天”；但是最重要的一条线路，是顶上画着一辆自行车的，旁边写着“六小时三十分钟”。我的嘴巴惊讶得合不拢了。我从来没有骑过六个小时的自行车。

“哇，走到那里居然要一整天！”小本说，“那可真是远得离谱。”

“我们要去哪里？”诺亚问道。他一会儿看看地图，一会儿看看我。

我摇摇头，告诉他，他不能和我一起去。我已经准备好把我的计划告诉小本和特维斯了。

“我、我不能坐火车、大巴或走路过去，”我说，“我要……骑自行车去！”

“自行车？”特维斯抬起头来看我。

我点点头。“但是你们愿、愿意借我一辆自行车吗？”

小本和特维斯对视了一下，然后又一起看着我。最后，他们同时咧开嘴笑了。

“我们也是这么想的，”小本说，“骑我们的自行车去会简单得多。你可以用苏菲的自行车。因为是万圣节，伊阿姨会让我们在外面玩到很晚！”

“是啊，”特维斯说，“如果我们说自己早点儿出发去讨糖果，伊阿姨肯定都不知道我们在哪儿！”

“是啊！如果她发现我们到伦敦去了，她很可能会揍死我们的，不过我想只要告诉她我们是为了你妈妈才去的，她一定能理解的。”小本说着，轻轻捶了我的手臂一拳，作为鼓励。

我抬头看着小本和特维斯，感觉非常惊讶。最近我一直因为能够去找妈妈的星星而感到兴奋，都忘了明天就是万圣节了。

“等一下！我们告诉伊阿姨，讨完糖果之后我们要去小丹那里玩，怎么样？”小本问道，“这样我们在外面待久一点儿，她也不会怀疑！”

“而且，我们可、可以说我们要骑自行车去小丹那里！”特维斯补充道。

“是啊，”小本笑着说，“小丹可以帮我们打掩护！现在我们就差一张好地图了，还有几支手电筒！”

“我、我们？”我疑惑地看着他们问道。

“是啊，”特维斯说，“你不能自己去、去啊！你会迷路的。”

“或被人绑架，”小本说着，抓了一大把薯片往自己嘴巴里塞，“外面有好多绑架犯专门在晚上抓骑自行车的落单小孩！新闻上经常报道。”

“不，没有吧。”我皱着眉头说。爸爸以前经常看新闻，他很关注银行的生意做得好不好，那时我就没有看过有人晚上骑自行车被绑架的新闻。

“妮雅！我们要去哪里？”诺亚拽着我的手臂，更大声地问道。

我听到小本和特维斯说的话，完全震惊了，甚至顾不上回答诺亚的问题。原来他们也做了计划……尽管那是妈妈的星星，尽管我才应该是那个保证人家不给她乱起名字的人。这原本并不是他们的责任。我的计划里原先并不包括小本和特维斯。不包括任何人！就连诺亚都不在计划内，他太小了。

“你们不来也行的，”我说，“那是我妈妈的星星。”

“也是我妈妈的！”诺亚说着，看起来有点儿生气。

“但是我们可以帮忙啊！”小本说。

“是啊！”特维斯说道。他伸出一根手指抵住屏幕，沿着自行车的路线比画起来，最后停在了皇家天文台。“六、六个半小时！”他说，“你一个人在晚上骑自行车怎么受得了呢！”

“阿妮雅，你走六个半小时要去哪里？”诺亚问道，拽我胳膊的手更加用力了。

“是啊，那一定是个非常非常非常漫长的夜晚。”小本说着，着急地又塞了一把薯片到嘴巴里。

“明天凌、凌晨，比、比赛就要结束了。”特维斯说道。他把手指一根一根伸直，就像打开一把中式扇子，“所以我们只有不到二、二十二个小时——如果算上我们路上花掉的时间，还要再减掉半个小时，万一我们在路上累了需要休息一下……”

“那只剩不到一天的时间了。”小本“咔嚓、咔嚓”地嚼着嘴里的薯片，“我们什么时候走？”

“你们不用走！”我提高了音量说，“我可以自己去！”

小本和特维斯都安静了。两人的眼睛都瞪得又大又圆。

“让妈妈的星星有一个正确的名字是我自己的任务，不是你们的！我从来没说过要你们一起去。”

“哦。”特维斯说道。他的脸突然红了起来，低头看着地板，头发又垂下来把脸遮挡住了。“对、对不起。”他喃喃地说着。听到这句话，我心里突然很不好受。

“我们只是、我们只是想帮忙而已，”小本说着，耸了耸肩，看起来有点儿尴尬，“但是我们不会……如果、如果你不想我们去的话。”

“我想去看妈妈的星星！”诺亚说着，抬起头依次看着我们三个人，好像他终于明白了我们在说什么。“妮雅啊，我能不能去？”他满脸疑惑地看着我问道。

我没有说话，低下头看着自己的双手。我的双手紧紧捏成了两个拳头，我的心脏好像就握在拳头里，怦怦直跳。我想自己去找星星猎手，想亲自告诉他们所有关于妈妈的事情——因为她是我妈妈，而且在她离开的时候，我没能陪在她身边。如果当时我在的话，她可能就不会这样突然消失了。如果现在我能给她一个正确的名字，我能让世界上的所有人都知道她是谁，那她也许会为我感到骄傲的。就像我在报纸上看到她的照片时，为她感到骄傲那样……

我扭过头去看着静静躺在特维斯床上的那份报纸，它旁边还放着那本《纪念品指南》，一股羞愧之情油然而生。小本和特维斯只是想帮忙而已，而且，如果不是因为他们，我根本不可能知道怎么去找星星猎手，也不知道妈妈现在多么有名。也许我不应该自己去帮助妈妈。星星猎手不也常常需要团队帮忙，才能找到新的星星吗？所以，他们可能就是我的团队呢……

“对不起，”我平静地说，“你们可以一起来。还有你，诺亚。”

诺亚抓住我的手掌，紧紧抱在怀里，然后就蹦着走到沙椅子边上玩起特维斯的模型人偶了。

“你确定吗？”小本问道。他的眉头紧紧地皱在一起，看起来像额头被什么固定住了。

我点点头。“只要这件事不会让你们惹上麻烦，不会影响你们找养父母就行。”

“才不会呢，”小本说，“伊阿姨一开始可能会很生气，但是只要她知道我们是为了找你妈妈才这样做，而不是为了让你逃跑，她就会明白了。”

“说（所）以，诺亚也要来吗？”特维斯皱着眉头问道，“他不会一下子就、就累了吗？”

“我才不累！”诺亚说完，推了特维斯一把。

我知道带上诺亚会让我们的计划更难实施，但我更知道，妈妈不会希望我为了找她而丢下诺亚一个人的。她说过我必须要保护诺亚，让他不会感到害怕。我知道如果诺亚半夜起床发现我不在身边，一定会感到前所未有的恐惧。

“别担心，我会照顾他的，”我肯定地说，“他可以和我骑同一辆车。”

“行，”特维斯耸耸肩，说道，“我们可以轮、轮流载、载他，如果你累了的话。”

特维斯转了一下电脑椅，重新看着电脑屏幕。“我们要、要在凌晨之前到达那里。那也就是说、说我们要在……”他停下来，伸出手指数着数，“在明天下午 5 点 30 分之前出发。出发前我们还得准、准备很、很多东西。”

“但是我们 5 点 30 怎么出门呢？”我问道，“伊乌楚库阿姨会让我们那么早就去讨糖果吗？”

小本摇摇头，说：“她说我和特维斯可以 6 点出门。不过那是他上周说的了——那时候你还没有来。也许我们能拜托她让我们早一点点儿出门。不过还得确保她愿意让你和诺亚跟我们一起。”

“为什么？”我问道，“难道她会不愿意吗？”

小本耸了耸肩，特维斯说：“你是新、新来的。她可能会觉、觉得你不喜欢过节。”

“是啊，所以你从今晚开始就要装出非常非常非常非常想和我们一起去讨糖果的样子！”小本说道。

我点点头。

“所以我们要从车棚里把我们的和苏菲的自行车都拿出来……”

“还有一些路上吃的零食，”小本说，“上一次我逃跑的时候，就是因为肚子饿才回来的。”

“你以前逃跑过？”我盯着小本，惊讶地问道。

“是啊，超级多次呢！”小本说，“不是从这里逃跑，是从上一个领养我的家庭。他们对我不好，所以我跑了，也是因为这样他们才把我送到这里。”

我不知道应该说什么，因为我实在想象不到怎么会有人对小本不好。不过我点了点头，好像自己也逃跑过很多次似的。

"还有手、手电筒！我们还要去打、打印地图——等一下！"特维斯拉开一个抽屉，拿出一本练习簿，从中间撕下一页，"我们把计划写下、下来！"在特维斯开始写我们的计划时，诺亚也抓了一支笔，在那张纸的边缘处把自己听到的东西都画了出来。

"我们应该给它起个什么名字呢？"我们把计划都写完之后，小本低下头看着那张纸，骄傲地问道。

特维斯看着我。诺亚在那张纸的左下角画下了最后一笔。诺亚的舌头伸了出来，这说明他现在精神非常集中，等他画完后，我们才看出来那是一个有点儿凌乱的星星，就算说它是圣诞树也不为过。

"星星猎手的机密任务。"我一边说，一边在听自己说出的话，确保自己没有说错字。

"或者，我们叫它'星星猎手的午夜任务'，怎么样？"小本建议道，"因为我们要在凌晨之前赶到天文台嘛。"

"不如……"特维斯在计划的最顶上写了几个字，然后把纸拿给我们看，我们都点了点头。现在，这个计划已经非常完美了，我们一起静静地读了一遍：

星星猎手的午夜绝密计划！

打印地图——不能让伊阿姨看见！！

（趁伊阿姨做早餐的时候打印！）

（小本打开伊阿姨办公室的打印机，然后等我——特维斯本人——从我的电脑里把地图打印出来！）

（阿妮雅在办公室外面等着，一有人来就发出鸟叫声。）

（阿妮雅今晚就练习鸟叫声！）

让伊阿姨同意阿妮雅和诺亚出去讨糖果。

找手电筒！（可能在车棚里。确保手电筒里面有电池。）

把早餐、午餐和下午茶的食物都藏起来，这样我们晚上才有东西吃。

把暖和的衣服穿在万圣节服装底下（但也不要太暖和）。

小本和我把应急用的零花钱拿出来。

把车棚里的三辆自行车都骑出来，告诉伊阿姨我们讨完糖果后要去小丹的家。

假装去讨糖果，但不要真的去。

跟着地图找到天文台。

阻止星星猎手给阿妮雅妈妈的星星起错误的名字！

“那……”小本犹豫地说道。

我们全都站着，不约而同地看着计划点头。就连诺亚都安静了，一脸严肃的样子。

我相信这一定是世界上最完美的计划，但是我的脑袋里却总有一个问号在闪烁。“为……为什么你们俩要帮我这么多呢？”我皱着眉，看着小本和特维斯问道。通常，只有真正的好朋友才会为了你踏上一场如此漫长的自行车旅途，甚至这可能让他们惹上大麻烦，而我们仅仅认识了几天而已呀！

小本耸耸肩，说：“因为我们是孤儿。不管发生什么事，孤儿都要团结在一起。这是规矩。”

“是啊，”特维斯平静地说，他看看我，然后看看诺亚，又说了一句，“因为我们现在是兄、兄弟姐妹了，不是吗？”他盯着我看了三秒钟，露出一个灿烂的笑容。

我也看着他。我从来没想过，一个人还会和其他爸爸妈妈生的小孩成为兄弟姐妹，而且我们并没有从小一起长大，但是我觉得拥有多几个兄弟也蛮好的，这样诺亚也能有多几个哥哥来照顾他了。否则，万一哪天我遇到了什么事情，不得不像妈妈一样消失怎么办?

"再说了，碰到有人在找妈妈，必须要拔刀相助啊！"小本说，"虽然这个妈妈，就是，你知道，已经不在地球上了。"

"孩——子——们！"伊乌楚库阿姨在楼下大喊，"下——来——喝——热——巧克力——啦！"

"哇！赞！"小本欢呼起来。特维斯也马上把计划放进桌子最上一格抽屉里，然后用手一甩，把抽屉合上了。

我跑回自己的房间，把报纸和那本《纪念品指南》塞在双层床的下层床垫下。我这辈子还从未有过如此刺激的感觉，甚至比去年圣诞节，爸爸妈妈带我和诺亚去迪士尼乐园的时候还要刺激。我赶紧跟上小本、特维斯和诺亚的脚步下楼，希望明天晚上快点儿到来。

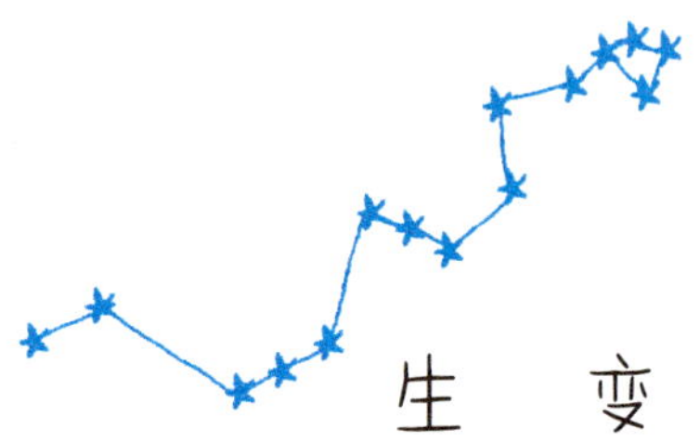

生　变

第二天早上醒来的时候，我手里紧紧攥着脖子上的小银锁，心里感到幸福无比，甚至又忘了自己在哪里。几秒钟后，大脑清醒了，我“腾”的一下坐起来，脑袋“砰”地撞上了上层床的底部。今天是星期六，也是万圣节。今天还是“星星猎手的午夜绝密计划”启动的日子！等明天的这个时候，皇家星星猎手们就会知道妈妈的真名，他们会取消这场比赛，然后告诉全世界妈妈的星星到底叫什么。可能连爸爸都会听到这个消息，他一定会知道这是我和诺亚的杰作，然后过来接我们回家！

我跳下床，跑到窗户边上。太阳已经升起来了，但我知道现在还早呢，因为草地上还弥漫着一层银白色的雾气，流动的雾气就像在散步的幽灵一样在草地上飘来荡去。我不知道还要等多久才能等到伊乌楚库阿姨来喊我们起床，毕竟今天是我们在这里度过的第一个周末。以前在家里，每到周末，妈妈都会让我们多睡一个半小时，也许在这里也是一样的。但我实在太激动了，根本睡不着，所以我从背包前面的袋子里拿出星图，又从床底下拿出那张报纸和《纪念品指南》，走到窗边坐下。

虽然昨天晚上在伊乌楚库阿姨进来关灯之前，我已经把报纸上写的所有关于妈妈成为摇滚巨星的报道都念给诺亚听了，但现在我还想自己一个人再读一遍。我这样做了。我自己读了整整三遍。我想记住报纸上的每一句话，比如有一句话是“把全世界最伟大的宇航员都难倒了”，还有“打破了物理学最基本的定律”，还有一句话是说她“每一秒钟都在创造历史”。

但是，这张报纸带给我的最棒的东西不是这些文字，而是它能让我摸到那张照片，让我知道这件事情是真实的。妈妈带我们躲到“不像样宾馆”里的时候，忘记把我们的照片带上了。她只带了一张有我、诺亚和她的三人合照，那张照片一直放在她的钱包里。但现在我不知道那个钱包在哪里，也不知道自己还有没有机会再见到它，所以报纸上的这张照片，就是我现在拥有的、唯一一张妈妈的照片。每次抚摩它，我都能感觉到内心的火箭被点燃了。我暗自发誓，一定要好好保护这张照片，等我长大后再把它放进相框里。我开始好奇，星星猎手会不会让我用他们特别强大的天文望远镜好好地看一下天空中的妈妈呢？那样看距离可是非常近的！我叮嘱自己的大脑，一定要记得问他们呀！我想他们一定会答应的。

我用力地盯着报纸上的妈妈的星星看，看得眼睛都酸了，这样我的大脑肯定就不会忘记妈妈的样子了。我把报纸折好，放在身边，打开《纪念品指南》。我必须尽快了解天文台，这样等皇家星星猎手见到我时，他们就会知道我是不会弄坏他们的天文望远镜的，就能放心地让我用望远镜去看妈妈的星星了。这本书和我们以前在迪士尼乐园或动物园里拿到的纪念品手册一点儿也不一样。它更像是学校里的科学教科书，里面有好多我从来没听说过的词，像“八分仪”“经纬仪”和“天顶”——这些东西听起来像是超级英雄用来击败对手的武器。

我快速翻阅着这本《纪念品指南》，忽然看到一张黑白照片，不由得停下了翻页的动作。照片里有很多女人在招手，旁边的注解说，皇家星星猎手不仅要用自己的指南针去测量星星，也要用人类计算机！我还没听过“人类计算机”这个东西，但我想特维斯可以当我们的“人类计算机”，因为他似乎很喜欢数字，而且他总是用手指来算数呢。但是下一行注解又说，皇家的人类计算机通常是由女性来担当的，看来只能由我来当了，虽然我在背乘法表时总把七乘八的结果搞错。

我合上《纪念品指南》，打开自己的星图。我一定要告诉妈妈，让她千万记得停留在一个距离我和诺亚很近的星座旁边。我十指交错，紧紧闭上双眼，在脑海中大声对妈妈呼喊着，希望她能停留在伊乌楚库阿姨二楼窗户外面——记住，是房子朝向后面的窗户，不是朝前面的！然后，我也向其他星星祈祷，希望它们能一起告诉妈妈应该停在哪里。我不知道星星会不会说话，也许它们是用闪光和眨眼这种特殊的信号来传递消息的。不过我敢肯定它们一定能听懂英语。爸爸以前常说，全银河系的人都能听懂英语。

“太阳晒屁股啦！”伊乌楚库阿姨的声音传了过来，同时，卧室门“砰”的一声被甩开了。

我一下子跳了起来，把所有东西都藏在身后。我刚才正忙着在脑子里向星星喊话，一点儿都没有听到外面的动静。

“啊！你起来啦，阿妮雅！真棒。”伊乌楚库阿姨笑着说，然后嗅了嗅房间里空气。

她今天抹了银色闪粉的眼影，搭配灰色长裙以及长长的灰色羽毛耳环，看起来就像我曾在伦敦动物园里见过的一只灰色银色鹦鹉，但比鹦鹉好看一点儿。

“请你快去洗漱吧，”她说，“让我看看诺亚有没有给我准备一些小惊喜呀？”

我点点头。诺亚在床上坐起来了，正揉着眼睛。时间到！该启动“午夜绝密计划”了！

我飞快地刷了牙，换好衣服，等伊乌楚库阿姨带诺亚去洗澡，平时她整理好床铺就会带诺亚去洗澡。不过今天，我没有像往常一样下楼等着吃早餐，而是悄悄走到了特维斯的房门前，按照他昨晚教我的超级秘密暗号敲了敲门——先慢敲两下，再快敲三下。

小本打开门，一把把我拉了进去。“准备好了吗？”他满脸兴奋地问道。

他上身穿着一件写有他名字的球衣，下身穿着一条黑色短裤，脚上穿着一双亮红色的足球袜。特维斯身上的衣服，看起来就像一套白得反光的睡衣，不过比白色睡衣酷多了，因为这是一套跆拳道服。

我点点头。特维斯打开了他的电脑。“但是我不会发出鸟叫声，”我告诉他，“我昨晚试了一下。我只会‘布谷——布谷’，或者像鸽子一样叫。”

“鸽子？”小本皱着眉头问道。

我点了一下头，然后发出“咕——咕——”的声音给他听。

“这听起来和布谷鸟很像啊，”小本说，“不过叫得比较慢而已。”

“不是的。不一样的。不过这样一说，我觉得还是猫叫比较好吧。”我说完，又发出“喵——”的声音，“是吧？”我问道。

“行吧，”小本耸耸肩，“那我们就用猫叫吧！”

“这太、太长了。”特维斯说完，一边摇头，一边用鼠标快速滑动电脑页面。他打开了我们昨天看的自行车地图页面，现在正在读骑行指引。“有、有七页这么多！”他终于拉到页面最底下，那儿写着“您的目的地——格林尼治皇家天文台”。

我们都紧张地盯着电脑屏幕。

突然，我听到房间门发出了“咔啦”的声音，迅速回过头去。小本和特维斯也听到了，但是那扇门一直关着，刚才的声音也消失了，房间里很安静，于是我三个都转过头来接着看电脑屏幕。

“说（所）以，阿妮雅，只要小本一打开打印机，你就发出猫叫声让我听到，好吗？”特维斯说，“然后你就假装自己在忙别的事情。”他细心地给我讲解着。

“嘘！”小本突然惊呼一声，伸出手掌拦住我们，身体一动不动。

我们都安静了，全神贯注地听着。楼梯上传来沉重的脚步声，几秒钟后，我们听到收音机被扭开了，伊乌楚库阿姨打开了冰箱门，从里面拿东西出来的声音，还有诺亚在敲餐桌的声音。

“快、快！”特维斯一把握住了鼠标，然后把光标箭头放到一个打印机的图标上，“她、她已经在厨房里了！”

“准备好了吗？”小本看着我问道。他此时的表情是我从未见过的严肃和认真。

我只是简单点点头，但内心简直像有一群青蛙在翻腾欢跃那样兴奋。

“那就开始吧！”小本说完，伸出两只手放在鬓角边轻轻拍了拍他的头发，好像自己并不是要下楼去偷偷打开伊乌楚库阿姨的打印机，而是马上要走一场时装秀一样。

我跟着小本走出特维斯的房间，踮起脚尖踩着他的脚印，小心翼翼地穿过走廊，走下会嘎吱作响的楼梯。我们在饭厅门边停下，小本回过头来看我一眼，然后伸出一根手指压在自己的嘴唇上示意我安静，回过头去往饭厅里面瞟。我很担心在小本成功之前，伊乌楚库阿姨就会看到他那头蓬松的头发，但让我没想到的是，小本就像一个穿着球裤的芭蕾舞蹈家，轻松地跨过了饭厅的大门，在另一边着陆了。我听见伊乌楚库阿姨扭开水龙头的声音后，也学着小本往前跨了一大步，但是却一脚踩在了小本的脚指头上。

“啊！”小本悄悄喊疼，赶紧伸手去揉脚指头。

“对不起！”我也小声地向他道歉。

小本翻了个白眼，招手让我跟着往前走，然后用他那双滑溜溜的袜子滑过走廊的木地板，来到伊乌楚库阿姨的办公室门前。

小本握住门把手，慢慢扭动起来，听到门锁开了就马上停止。“天啊，还好伊阿姨从来不上锁，”他小声地说道，“我现在进去——等着我的猫叫！”说完，他就像一个鬼影从门缝里钻了进去，并且关上了办公室的门。

“阿妮雅——”伊乌楚库阿姨在饭厅大声呼唤着我们的名字，吓得我一个激灵，“小本！特——维——斯——苏——菲——下来吃早餐啦！”

我听见办公室里传出几声“喵——喵”的猫叫声，立刻行动起来，一个箭步从饭厅门口冲过去，快得连伊乌楚库阿姨都看不见我的身影。我冲到楼梯口，冲着特维斯的房间大叫了一声：“喵——呜——喵——呜——！”希望只有特维斯能听到我的声音，希望伊阿姨和苏菲都在认真听收音机而没听见我的喊叫声。然后，我又蹑手蹑脚地穿过饭厅。幸运的是，伊乌楚库阿姨正忙着鼓捣她的烤面包机，压根没看到我。

我像公园里的金属雕像一样全身僵直地等待着，看看有没有意料之外的事发生。不过厨房里的收音机一直照常播放，我还听见伊乌楚库阿姨让诺亚坐端正一点儿。楼梯也没有传来脚步声，这说明楼梯上没有人，苏菲还在楼上的房间里。

我把耳朵贴在办公室门上，屏住呼吸，十指交错，全神贯注地听着里面的动静。“拜托了！一定要打印出地图！一定要打印出地图！一定要打印出地图！”我祈祷着。

过了几秒，我听见里面传出机器运作的声音，然后就是小本发出的猫叫声：“喵呜！”

成了！打印机在工作了！现在我要做的就是去饭厅里拖延伊乌楚库阿姨，直到小本和特维斯完事——按照我们的计划执行就可以了。

我直直地站着，转过身，准备冲刺到饭厅去。可是，我刚准备开跑，就撞到了一堵挂满银色亮片的墙。我的视线往上移，直接对上了苏菲的目光。她脸上带着笑，双手抱在胸前俯视着我，好像已经观察了我很久似的。我瞬间感觉有一块大石头从胃里直接砸到地板上，重重地落在我的脚边。

“你们在玩什么把戏？”她说着，视线越过我的肩膀，直勾勾地盯着我身后的大门，好像她的眼睛能发出激光，看穿门里面发生的事情似的，“在偷东西，是吗？”

我摇摇头，张开嘴，想发出一声猫叫提醒小本。但我的声音胆小地退缩了，它躲在扁桃体下面，不愿意出来。我只好等着苏菲先说话。也许她会一把把我推开，然后进去抓住小本，从打印机里拿走我们的地图，最后毁了所有计划。又或者，她会直接把伊乌楚库阿姨喊过来，告诉她我是一个小偷，让她马上叫警察来抓我！

但是苏菲没有做这两件事情。相反，她只是微笑了一下，然后说：“别担心……我不会说出去的！”还朝我眨了一个飞眼。

这是苏菲给我的第一个飞眼。我回了她一个微笑，但是心里隐隐有点儿担心。

“谢谢？”我喉咙发出的声音听起来完全不像从前的自己。

苏菲点了点头。但就在下一秒钟，她的笑容消失了，两瓣嘴唇紧紧闭着，眼睛也眯成一条线，她说：“除非我忍不住了！”然后她转身跑进饭厅，大喊着，“妈妈！阿妮雅想从你办公室里偷东西！我亲眼看到的！”

我听到办公室里面突然传出“砰”的一声，从楼上的地板传来“哒、哒、哒”的跑步声，而我自己的耳朵里好像有人在“咚、咚、咚”地敲着鼓。我知道，这些声音都代表着——我们的“午夜绝密计划”要出大问题了。

手忙脚乱的一天

当看到伊乌楚库阿姨和苏菲一起急匆匆地从饭厅赶过来时，我脑海中已经有了明确的想法：我必须分散她们的注意力！以前在家里，为了不让爸爸靠近妈妈和诺亚，我就经常这样干。但现在我不知道什么样的事情能够吸引伊乌楚库阿姨的注意力，只能靠运气猜了。我很希望自己能假哭一下，但我哭不出来。相反，我只是呆呆地站着、等着、听着。此时，诺亚已经从餐椅上跳下来，跑过来围观了，特维斯也着急地冲下了楼。

“阿妮雅？发生了什么事情？”伊乌楚库阿姨走到我面前，睁大了眼睛问道。她的表情看起来没有那天处理我把面碗打翻到地上时那么生气。她只是感到疑惑。

我强迫自己张开嘴，要开始分散她的注意力了。

“伊乌楚库阿姨！求求你！这都是我的错！”我用尽全力大声喊着，希望房间里的小本能听到我的话，让打印机工作得再快一些。我还没听到他发出猫叫声，所以地图肯定还没有印好！

“这都是我的主意！我想偷溜进去看看门后面是什么地方——小本说我应该直接问你。但我跟他打赌，看他敢不敢自己进去，他答应了我，然后就走进去了。就这样！我们没有偷东西！我保证！”

伊乌楚库阿姨的眉间原本只有一条线，现在挤出了三道弯弯曲曲的纹。

苏菲摇着头，说：“不！妈妈！她在撒谎！”我盯着苏菲开开合合的嘴巴；等她停下来的瞬间，我就要插话了。我必须要尽可能地拖延伊乌楚库阿姨，哪怕我并不知道自己还能说些什么。

“是真的！”我大吼着，感觉自己的脸颊和鼻头都开始发烫，“我们没！有！偷东西！我发誓！我只是打了个赌！特维斯也劝我了，但我还是打了这个赌。这是我的错……我愿意接受惩罚……”我的声音越来越小，最后完全安静了。

“是、是真的，伊阿姨！”特维斯说道。他的两个眼珠子瞪得都快出来了。

伊乌楚库阿姨点点头，然后让我站到一旁，伸出手去握住门把手。我感觉有一条巨大的魔鬼鱼正吐着泡泡从我喉咙深处往上游。我知道伊乌楚库阿姨马上就会发现她的打印机正在打印东西，会发现小本在学猫叫，会发现我们的“午夜绝密计划”……这也就是说，我和诺亚马上就会被送到警察局去，而我马上就会吐得一地板都是脏东西。

门“哗”的一声打开了，伊乌楚库阿姨走了进去，我、苏菲、诺亚和特维斯四个人你推我挤地跟在她身后。走进那黑漆漆的房间后，我用力眨巴着眼睛，但是我的眼睛好像也跟着心脏一起跳动起来了。两秒钟后，我看到一扇巨大的百叶窗，还看到小本坐在伊乌楚库阿姨的办公椅上转来转去，好像想把自己搞晕似的。他一看到我们，就从椅子上弹了起来，露出惊讶的神情。

“对不起，伊阿姨！”他说着，努力站直了身板。

伊乌楚库阿姨说了一句“唔”，然后就走进办公室，四处看看。我看见特维斯在偷瞄那台巨大的黑色打印机，它就放在金属架子的上层。我也看向它——但它的电源是关着的，而且出纸的地方也没有任何纸张。

“好吧，”伊乌楚库阿姨走到金属抽屉前，逐个拉了一下确保它们是上锁的，“好了，这里没有不见东西……现在，所有人都出去！早餐都要凉了，我们都要迟到了！还有，阿妮雅？”

我停下脚步，等着伊乌楚库阿姨吼我。可是，她并没有大声骂我，只说了一句：“下一次你想看什么东西的话，问我就可以了，亲爱的。我没有藏起什么，而且这里也是你的家，知道吗？”

我点点头，心里其实并不相信她。一个人如果没有藏起什么，怎么会有上锁的抽屉呢？伊乌楚库阿姨有三个上锁的抽屉。

“但是妈妈，他们在撒谎！”苏菲大喊着，用怀疑地眼光盯着小本，“我听见他们说要偷什么东西用来——用来打赌！”

“小本，你有没有从房间里拿走什么东西？”伊乌楚库阿姨问道。

本摇摇头，摊开双手给大家看。

“阿妮雅，你有没有想从房间里拿走——或是借走——什么东西啊？”

我也摇了摇头。

“那就行了。苏菲，你肯定听错了，对不对？快来！吃早餐了！”伊乌楚库阿姨把手搭在诺亚的肩膀上，然后拿走诺亚用来敲桌子的勺子，带着他回到饭厅去。

我等着苏菲离开，但是她一动不动。她就站在原地瞪着我们三个。她的眼神如此可怕，我甚至不敢呼吸了。她好像想用眼神把我们催眠——就像妈妈以前带我们读的那本《丛林奇谭》，里面有一条蛇，它的眼睛里有小漩涡。只不过，那一条蛇又傻又有趣，而这两点，苏菲都沾不上边儿。

我们都等着苏菲开口说话，而且我能感觉到特维斯和小本也在屏住呼吸。

几秒钟后，苏菲伸出手指指着我们，说："我不知道你们到底想要干什么，"她压低了声音，就像蛇在嘶嘶地吐芯，"但我一定会弄清楚的，到那时你们就完了！"接着，她踩着后脚跟转了方向，走出了房间。

"太好啦！"小本说着，突然咧开嘴笑得很开心。我和特维斯也能正常呼吸了。"还好伊乌楚库阿姨没有检查我的裤子！"小本说着，跳起来转了个身，掀开他的球衣。在球衣下面，我们看到打印出来的地图正紧紧地贴着他的背，还有一半卡进了他的裤子里。

"干、干得好！"特维斯说着，和小本击了一下掌，然后开心地笑了，把他的牙套全部露了出来。

"真是太天才了！"我也微笑着说。我伸出两只手掌，和小本痛快地击掌，就像以前我在学校里和埃迪、小关经常做的那样。

"对，我就是小天才！"小本点点头，"也许这就是为什么我的发型和爱因斯坦的那么像！等吃完早餐，我就去把地图藏在房间里……嘿！刚才你拖延她们也很厉害，阿妮雅！"他说着，伸出拳头轻轻捶了我的手臂一下，“你给了我很多时间去把地图藏在裤子里，还能关掉打印机！你也是小天才！”

“是啊！”特维斯也捶了一下我的手臂，不过他的力道更轻，像是轻轻点一下。

“快走吧！没有人肚子饿吗？”小本问道，“我现在就要吃十五片吐司面包！执行特殊侦探任务总是会让我觉得特别饿！”小本说着，朝我们笑了一下，就半跑半滑地向饭厅冲去了。

早餐过后，我猜伊乌楚库阿姨应该会让大家回到各自的房间去玩，或是所有人一起看电视，妈妈以前在家里就是这样让我们度过大部分周末时光的。可是，伊乌楚库阿姨没有这样做。她让我们赶紧上车，这样苏菲才能及时赶到她的戏剧学校去假装自己是一位演员；小本也要去展示他那糟糕得让队友一直喝倒彩的球技；特维斯还要在一个人挤人的大厅里和其他一百个孩子一起练跆拳道，然后被那个戴着金属发卡的超级红脸老师劈头盖脸臭骂一顿。在这之后就是交响乐排练，苏菲拉小提琴，小本拉大提琴，而特维斯则负责在椅子上坐着，往自己耳朵里塞纸团。

等所有这些活动都结束，我们也在车里吃了三明治后，大家要一起去商场购物，因为伊乌楚库阿姨要买一些万圣节糖果，还要给大家准备万圣节的服饰。就在这个时候，诺亚轻而易举就完成了我们计划中的第一部分——伊乌楚库阿姨刚要去给苏菲买女巫的帽子，诺亚就哭喊着说他也想要万圣节服装！他哭得太厉害了，最后伊乌楚库阿姨答应让我们跟着小本和特维斯一起出门去讨糖果——只要我们不走丢就行。小本和特维斯朝我竖起了大拇指，一人朝我抛了一个飞眼，好像以为是我故意让诺亚哭的。我不知道怎么告诉他们我没有刻意让诺亚这样做，只好朝他们也竖起大拇指，然后帮伊乌楚库阿姨挑选服装。

等我们买完东西，终于回到家时，饭厅的时钟显示已经是4点多了。我一看到时间，就感觉胃里有小小的东西在蠕动。距离出发不到一个小时了，但我们现在只准备好了地图和万圣节服装，还有很多东西要准备！可是，哪怕回到家了，伊乌楚库阿姨也不让我们闲着。首先，小本和特维斯要去洗澡，因为他们身上已经有咸咸的汗臭味，而我和诺亚要帮忙把买回来的东西放好。然后，我们把晚餐摆上餐桌，因为伊乌楚库阿姨说了，只要有她在，任何人都别想空着肚子吃一大包糖果。

大家都在餐厅忙活，我感觉时间过得越来越快、越来越快。特维斯和小本还要问伊乌楚库阿姨我们能不能从车棚里把自行车骑出去……小本之前哄伊乌楚库阿姨买了好多零食，那都是今晚路上要吃的，我们还得把零食弄到手。还有手电筒！这样一想，我们怎么可能准时出发呢？

等小本和特维斯洗完澡，晚餐也准备好了，我开始觉得身体里像翻江倒海一样难受。如果时间老人还在讨厌我，故意让时间过得很快怎么办呢？如果计划不奏效，最终妈妈的星星冠上了别人的名字怎么办呢？如果我再也没办法纠正这个错误怎么办呢？我听见餐厅的时钟发出的“滴答、滴答”声越来越大，好像连它也在警告我——剩下的时间不多了。

终于，就在我开始怀疑今天到底是不是万圣节，怀疑我们是不是永远没办法出门的时候，伊乌楚库阿姨拍了拍手，说：“哦！你们最好快点儿把衣服换好！我已经听到其他小朋友走过来了！”

不到一秒，门铃响了，门口传来几个孩子的声音，说着：“不

给糖，就捣蛋！”

我感觉体内的血液像奔涌的河流一样不受控制地在血管里奔腾，我“腾”的一下站起来。

伊乌楚库阿姨皱着眉看了我两秒钟，然后微笑着说：“啊！没关系的，阿妮雅！你把晚餐吃完，我去对付他们。”

“妈妈，坎蒂丝和罗伯塔今晚7点会来我们家。”苏菲说道。伊乌楚库阿姨站起来，从厨房柜台上拿走一大筐糖果，朝门口跑去。“我才不和你们这群没用鬼一起出门。”苏菲又补充了一句，而且离开房间的时候，还狠狠地瞪了我们，她的眼神像是在说“我讨厌你们所有人”。

伊乌楚库阿姨走出房间的时候，我悄悄瞄了一眼时钟。现在是晚上6点21分，已经太晚了！我们却还没有准备好！

“阿妮雅！”小本一看到苏菲离开了，马上低声喊我，“你一定要说你也想去小丹的家，知道吗？”

我点点头，特维斯朝我竖起了大拇指，而诺亚一边舔着盘子，一边也点了点头。

“我们一定要想办法让伊乌楚库阿姨离开饭厅，这样我们才能把零食拿出来。”小本说着，抬起头扫视着一个个橱柜，我们的粮草就藏在那里面呢！

“我们去楼上想想办法。”特维斯说。

“伊阿姨！我们能不能骑自行车出去——再借苏菲的自行车给阿妮雅用？”伊乌楚库阿姨刚回来，小本就开口问她了。她手上的糖果篮子空了一半，这让我想起了妈妈。每次万圣节，她也会非常大方地给孩子们派发糖果。

“你们要自行车干什么？嗯？”伊乌楚库阿姨疑惑地皱起眉

头问，“我不希望你们今晚去太远的地方！尤其这是你们第一次带阿妮雅和诺亚出门。”

“可是，小丹说我们可以过去找他交换糖果吃——他家骑自行车三分钟就到了！而且他说阿妮雅和诺亚也可以一起去！”小本苦苦哀求着，“拜托了嘛！”

伊乌楚库阿姨转了转眼珠子，看看我，又看看诺亚，好像在思考应该怎么做。“唔……”她说，“阿妮雅，诺亚，你们俩想去吗？”

我马上点头，说：“想，拜托了。”

听到我这么说，诺亚也大喊起来：“想！想！我想骑车！”

“你看！”小本说话声音更大了，“如果他们两个也去的话，那我们就能和小丹交换更多糖果，而且阿妮雅也能和小丹交朋友！”

我看着伊乌楚库阿姨，点点头，把自己的眼睛睁得大大的，心里默念着：“拜托，拜托，拜托，拜托啦伊乌楚库阿姨，请让我们骑自行车吧！”用眼神向伊阿姨表达我的渴望。

“唔，”伊乌楚库阿姨无奈地摇摇头，说，“好。你们可以去小丹家，但你们只能走路过去。家里的自行车太大了，诺亚坐不上去，而且我也怕你们出意外。不过，我可以让你们在外面待到八点半，这样你们可以慢慢走，不用着急，行吗？”

小本和特维斯点点头，而我和诺亚则看着他们，好奇他们会不会再努力争取一下。但他们什么也没有说。小本反而还高兴地蹦起来，张开双臂给伊乌楚库阿姨一个熊抱。“谢谢伊阿姨！你最好了！”他说。伊乌楚库阿姨又无奈地摇摇头，然后笑着拥抱了小本。这样的情境，让我前所未有地思念妈妈。

“你们走吧，”伊阿姨把小本拉开，微笑着对我们说道，“快点儿去做准备，不然就晚啦！”

小本、我、特维斯和诺亚都点着头离开了餐厅，准备换上万圣节服装。在踏出饭厅大门前，我抬头看了一眼时钟，发现时针已经跨过数字“6”了。现在已经6点30分了！我拼命告诉自己没关系。也许时间的限制让我们不得不放弃一整天的安排，也许伊乌楚库阿姨让我们不得不放弃骑自行车去伦敦的计划，并且我们可能会比计划晚一个小时到达，但这些都不能阻挡我去寻找星星猎手，我一定会让他们给妈妈的星星起正确的名字。哪怕是在其他所有人——包括诺亚——都不能参与的情况下。

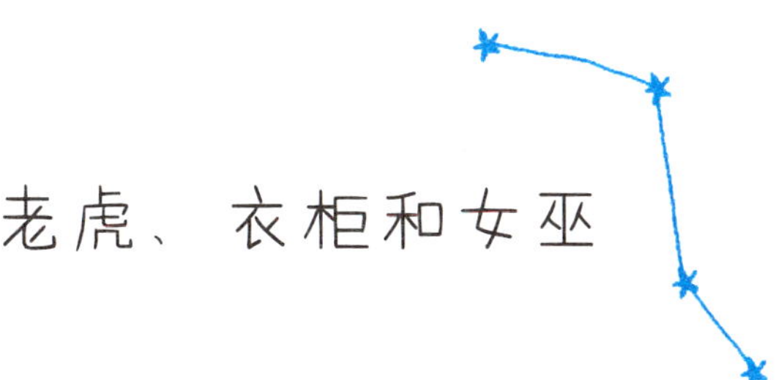

老虎、衣柜和女巫

“如果你们不想去也没关系，”我们刚走到楼上的走廊，我就开口了，“大概跟我说一下路线就行，我自己去。”

“你在说什么呢？”小本皱着眉头看我，伸手握住自己房间的门把手。

“伊乌楚库阿姨说我们不能骑自行车去，你不记得了吗？”我心想，难道他已经把这事给忘了？“走路过去实在是太远了！尤其是对诺亚而言。还是我自己去更好。”

小本连连发出“啧啧啧”的声音，而且摇了摇头，特维斯的眉头皱得更厉害了。

“别傻了，阿妮雅。”小本说。

“就是啊，”特维斯说，“我们还是要骑智（自）行车去！”

“是吗？”我问道。诺亚已经兴奋得上蹦下跳的了。

“是啊！我们当然要骑啦！伊阿姨说我们不能骑车去小舟的

家——那我们就不骑去他家。我们骑去伦敦！”小本的眉毛开始对着我跳舞，特维斯也点了点头，“严格意义上说，我们并没有违反和她的约定。”

“喔，”我突然感受到满满的幸福，好想拥抱他们每一个人，但我只是点了点头说，“好的。”

“快点儿换衣服出门！”特维斯着急地说着，朝我竖起大拇指，然后溜进了房间里。

我一路小跑回自己的房间，一打开门，就发现伊乌楚库阿姨已经把我们的节日服铺在床上了。诺亚一看到自己的衣服就扑了过去，迅速把衣服套在头上。短短几秒钟，他就已经消失在一条白色罩子下，化身为幽灵了——不过他把罩子前后穿反了，所以本来为眼睛留的两个洞以及画上去的笑脸都到了他脑袋后面。他跌跌撞撞地马上就要磕到双层床的楼梯上，我一把抓住他，然后把罩子前后调整过来，这样他才能看到东西。

“妮雅！我是一个幽灵！”他说着快乐地上下摆动手臂，让罩子飘动起来，“现在住在这里的所有的鬼都怕我！”

“是的！”我说着，快速把我那亮橙色和黑色相间的服装穿好，再把毛茸茸的头套戴在头上。我把老虎服装的拉链一拉上，一条长长的尾巴就耷拉下来，左右摆动着。我本来想扮演一头狮子的，但伊乌楚库阿姨带我们去的那家商店里没有狮子的服装。不过没关系，狮子和老虎都是大型猫科动物，都会咆哮，而且都生活在丛林里，也就是说，它们的外表其实是差不多的，所以我放弃了扮演《狮子王》中的辛巴，决定要成为星星猎手中的老虎皇后。这也很酷。

我快步跑向衣柜，站在全身镜前朝自己怒吼一声，然后拿出我的旧帆布包。我把《纪念品指南》、自制星图和那张印着妈妈的星星的报纸都装在包里。然后，我想到诺亚，又多带了一条裤子，防止他今晚尿在裤子上。

"诺亚，听好了……"我说着，拿出一支笔——妈妈以前总是会在我书包前面的袋子里多放一支备用的笔。我原本都忘了那儿还有一支笔，但就在拿起它的一瞬间，我心里马上有了一个主意。我走进衣柜里，把衣服全部推向一侧，然后在衣柜靠墙的那一块木板上用大大的字写下妈妈的名字。诺亚也跳进衣柜里，蹲在我身后偷笑，还发出了好一阵幽灵的叫声。

"来，"我把笔递给诺亚，"画一幅妈妈的画像，快一点儿，这样所有人都会记得她了。"我把画画的位置指给他看。几秒钟后，诺亚画了一个火柴人妈妈出来。火柴人妈妈留着卷卷的长发，脸上带着灿烂的笑容。他一画完，就从罩子底下跟那幅画招招手，打了个招呼，好像画上的人是真的一样。我点点头，不知道自己的想法能不能实现。在《狮子王》里，为了找到辛巴，猴子拉飞奇用果汁在一棵树上画下了辛巴的样子，然后念了一段神秘咒语。我真想为妈妈做同样的事情，但是我们身边没有树干，我也没有神奇的果汁，更不懂任何咒语。我们只有一个衣柜、一支笔和一个心愿。

"来。"我说着，跳出了衣柜，关掉所有灯，走出房间。

诺亚不再学鬼叫了，他跟在我身后，我们走到小本的房间门前。我刚敲了一声，房门就打开了，但我们没有看到微笑的小本，而是看到一张亮得发光的黑色面具在盯着我们。面具上的鼻子就像监狱里的栏杆，两个眼球就像两只大虫子。当然，我们还是能认出来这是小本。因为这面具根本遮不住他那圆蓬蓬的发型，他的黑色斗篷也遮不住那件反穿在身上的纽卡斯尔联队的卫衣。

“你扮演的是什么角色？”我问道。

小本的声音从面具里传来：“你猜一下！”然后他从斗篷里伸出了两只手，斗篷发出了“嗖嗖”的声音，他用低沉的嗓音对我们说：“我是你父——亲——”

我皱了皱眉；而诺亚则摇了摇头，说：“不，你才不是！”

“你应该知道的呀！这是黑武士！”本回答道。他的声音又恢复正常了。

我耸耸肩。

“看过《星球大战》吗？”

我又耸耸肩。本拉起面具，皱着眉头看我。“你是说你从来没有看过《星球大战》？你一个这么喜欢星星的人？”

我摇摇头。小本忧愁地看着我，好像我刚刚告诉了他一个全世界最悲伤的消息似的。

“别担心，我们一回到家就会把这些衣服换掉的！”小本说道。

特维斯的房门打开了，他从房间里走了出来。

我看着特维斯，努力忍着不让自己笑出来。他身上的夜光骷髅骨套装看起来像一件连体睡衣，可是他正好又高又瘦，所以这衣服真像他本人的 X 光照片。他的头套正反两面都画着骷髅头。

“诺亚！你是一只很酷的幽灵！”特维斯说着，轻轻拍了拍诺亚的头。诺亚点点头，努力想从罩子下面朝特维斯比个大拇指的手势。

“大家，等一下，”小本说着，朝我们招手让我们进他的房间，“我还要收拾我的包。”

我们不紧不慢地走进他的房间，正好看到他冲向自己的床然后摔倒了双膝着地的情景。他还在床单下面摸索寻找着，我和诺亚好好地把这房间看了个遍。小本的房间和特维斯的很不一样，好像他们不住在同一个家里似的。小本的房间里，四面墙上都涂着黑白相间的条纹图案，在纽卡斯尔联队的旗帜边上立着一对灰色的海马——这让我们怀疑自己是不是被一头斑马吞进肚子里，此时好像是站在它的胃中。在黑白条纹的墙上，挂着众多纽卡斯尔联队足球运动员的海报，还有一张海报上是一位穿着闪亮的袜子、踮着脚尖站立的歌手。

在远远的墙的另一端，小本也有一个像特维斯那样的书架，但是小本的书架上放着的是几百张音乐光碟、收集足球贴纸的本子，还摆放着许多足球运动员的头部模型，这些模型会弹来弹去地晃动，好像一直有人在戳他们似的。小本的桌上没有电脑，只有一架电子钢琴、一台小音箱，还有一套把整张桌子都圈起来的火车轨道模型。

诺亚也看到了电子琴，他飞奔过去，一屁股坐在椅子上，开始用手指戳那些黑白的琴键。电子琴的电源没有接通，所以什么声音都发不出来，但是诺亚才不管这么多。看着这只“小幽灵”兴致盎然地弹无声钢琴还挺有意思的。

“等一下！”小本说着，站了起来，满脸疑惑的样子，“我找不到它了！”

“找、找不到什么了？”特维斯说。

“打印好的地图……”小本说道。他看着我们，额头已经皱成了一团。“我今天早上把它放在这里的——就在这里。”他用手指着床单说。

小本大步走向衣柜，快速打开，然后从衣服堆里火急火燎地翻找着。然后，他又走到桌前，把每一个抽屉都拉开检查，但那里面只有他上学用的书本。

特维斯摇摇头，跑到床头去检查枕头。“我、我、我们需要地、地图。”他开始着急起来。

“在找这个吗，傻子们？”

我们吓了一大跳，诺亚也不再弹他的哑琴了，所有人都转身去看说话的人。

这个人正拿着我们打印好的地图，站在门边——是苏菲。只不过她和平时的苏菲看起来不一样了。她头上披着紫色假发，长长的假发垂到腰间，头上戴着一顶紫色天鹅绒女巫帽，披着一件铺满紫色和黑色亮片的闪亮披风，披风下是一条黑色天鹅绒长裙。她用厚厚的粉盖住了自己的雀斑，她的颧骨和眼睛都抹着金光闪闪的粉末。她的手上戴着黑色蕾丝露指手套，露出了十只长长的紫色指甲。不过她没有带着一个大锅状的钱包，而是拿着一只猫咪一样的小钱包。她是一位女巫，也是我见过最酷、最紫色的女巫。

“没想到你还是像傻瓜一样把东西藏在床单底下啊，小本，”她说着，摇了摇头，发出“啧啧啧”的感叹声，“我听到你们说话了。昨晚你们弄了一个愚蠢的机密任务，准备今天跑到伦敦去。如果让妈妈知道了，她会打电话给警察和社会服务中心，那你们就连求饶的机会都没有。”

苏菲发出一声冷笑，轻蔑地盯着特维斯看；特维斯的脸红得像一只熟透的番茄。我的眼睛不由得睁大了。因为我才意识到，那天晚上在特维斯房外传来的木地板“嘎吱”声，并不是木地板自己发出的，而是苏菲在外面偷听。

“你还给我！”我很惊讶自己的声音竟然没有发抖。我往前走了一步，伸出手跟她要地图。“那是我的！是小本的！是特维斯的！”

“也是我的！”诺亚也说道。

苏菲用手指捏住一小撮紫色的头发，用手指转着圈拨弄着。“哦，不过，这张纸和纸上的墨水都是你们从妈妈的办公室里偷的，只要妈妈看到，她就会知道那天你们在办公室里干了什么，就知道你们在撒谎！”

小本和特维斯看了彼此一眼。诺亚从椅子上跳了下来，他好像忘了没有人能看见他的脸，将半个身子藏在我身后。我一边伸出手臂搂住他，一边抵抗着心里升起的负罪感。我从来没想过要用谎言伤害伊乌楚库阿姨。我只想按时赶到妈妈的星星那里去。

“我也可以还给你们……”她说着，扬起眉毛看着自己的假发，好像是在自言自语，“我想，我也可以不告诉妈妈我听到了什么……不过，我需要得到一样东西，一样比较值钱的东西。”

我看着小本和特维斯，不知道他们俩会怎么做。我身上肯定没有什么能吸引苏菲的——黑西装阿姨只让我从“不像样宾馆”里带走了两样东西：一是我的旧帆布书包，二是装满了伪装服的一个黑色垃圾袋。

“好，要给你什么，你才能把地图还回来而且不告发我们？”小本问着，缓缓地，往前迈了一步。

“唔……让我想想……”

苏菲走进小本的房间，捏起一缕紫色假发扫着自己的脸颊，打量着这房间。我能感觉到诺亚的手更用力地抓着我的胳膊，好像是害怕我们会把他送给苏菲。

“我要什么呢……要什么呢……”

小本一边焦虑地看着他书架上那一排晃动的头部模型，一边慢慢地朝书架移动，像是想保护它们。

“别犯傻了，”苏菲说，“谁想要你的蠢东西啊……”突然，她露出一个微笑，转身看着我。

“我想，我就要……那个吧。”她说着，伸手指向我的胸口。

“我的、我的老虎套装？”我问道。我觉得很奇怪，于是低头去看看自己的衣服。苏菲比我高很多，她肯定穿不上这衣服的。

“不是，蠢蛋。”苏菲说着，俯下身来看着我，用手捏住我脖子上的小银锁。

“这个！”她说，“我要这个！”

我还没来得及思考，就已经开始猛烈地摇头，我听见自己大喊了一声：“不行！”然后我的手指就死死地把小银锁攥在手心里了。虽然这个锁头里什么也没有，我从来没有把它摘下来过，但这是唯一一件爸爸妈妈一起送给我的东西了，我知道自己绝对不愿意让别人拥有它或戴着它。

“如果你不给我，我就要把所有的事都告诉妈妈。她不仅会向你的负责人和儿童服务中心的人投诉，还会报警，这样你和诺亚就会永远分开。”苏菲说道。她的脸、她的嘴巴、她的牙齿和抹了紫色眼影的眼睛离我越来越近，好像一只在缓缓移动的鲨鱼。“你们这种逃跑的傻孤儿最后会落得这样的下场——他们会把你们赶走，全部分开，再也不能回来。问小本，他最清楚了！”

我看向小本，等着他告诉我不是这样的。但他只是站着，什么话也没说，低头看着地板，好像在祈祷着现在地板上有一条缝好让他钻进去。

所有人都安静了。我知道诺亚现在很害怕，因为他的呼吸声越来越响——像一阵风被杂乱的树枝困住了出不去似的。

“给你三秒钟……”苏菲发出了警告，“否则，我就要把妈妈叫过来了。一、二、三——”

“不！”我大喊道，“不要！我给你！”我强迫自己放开手，解开了项链。

我伸出手把它递给苏菲。苏菲看着小银锁，一把抢了过去，然后朝我微笑。她高高地举起地图，好像改变了主意要自己收藏似的，但下一秒，她又把地图甩向我们。一张张地图四处飞散，像白色的羽毛轻轻落在地板上。

我看着她把我的小银锁戴在自己脖子上。我咽了一下口水，希望能熄灭喉咙里那一团滚烫炙热的火球。“啊，这样好多了，”她笑着，把假发往身后一甩，然后看着我们大笑起来，“你们绝对会被抓个正着。等妈妈抓到你们，她绝对不会留下你们中任何一个！为了甩掉你们，我可是费尽了心思啊。现在好了，你们自己送上门来！谢谢啦！”

她高兴得就像我们送了她一份生日礼物似的，紧接着扭头摔门走出了房间。我的小银锁没了，我好像又一次失去了爸爸妈妈。

苏菲一走，小本马上把地上的地图收拾好，按顺序叠好。他的脸色就和那张黑武士的面具一样黑，眼睛始终不敢看我。

“对、对不起，阿妮雅。”特维斯一边小心地说，一边蹲下来帮小本，“我们会、会帮你要回来的……”

我耸耸肩，努力装出不在意的样子。“没事。”我说。希望我的脸颊听了，能停止发烫。“现在去伦敦更要紧。不过，你能确定她不会告发我们吗？”我问道。我感觉自己的胃有点儿不舒服。自从知道苏菲对我们的计划一清二楚之后，我感觉整个世界都不再安全了。

小本点点头，说：“她现在肯定不会告发我们的，”他平静地说，“她拿了你的项链。如果她举报了我们，我们也会跟伊阿姨说这件事情。”

“但、但是我们应该尽快出、出发了，”特维斯说，“夜、夜长梦多！我已经把计划装进包里了。”他说着，指了指放在床上的运动包。

“我也拿到地图了。”小本说着，把地图塞进他的纽卡斯尔联队背包里。

“但是……手电筒在哪儿？”我指着计划清单问道，“没有灯光，我们怎么看地图？还有零食怎么办？”

“伊阿姨应该把手电筒放在车棚里了，”小本说，“我们去取自行车的时候顺便拿出来就行，等到了那一步再来担心零食吧。”

“我们要从后面走，然后翻过去。”特维斯说道，小本听了直点头。

我完全不知道他们在说什么，但我还没来得及问呢，就听到伊乌楚库阿姨在楼下大声喊我们：“孩子们！你们到底去不去讨糖果啦！速度快！都7点啦！”

我倒吸一口凉气，胸口顿时感到闷闷的，好像被人重击了一下。

“快，走吧！”我一边喊，一边从房间里冲出来，跑到楼下，甚至没来得及看他们有没有跟上来。我们还是可以及时赶到的——只要抓紧行动。

“你在这儿啊！”我跑到了餐厅，伊乌楚库阿姨看到我，拍拍手对我说道，“啊！你们看起来真酷！”她说着，从身后变出一台照相机，朝我们挥舞了一下，然后对着我们的眼睛发射了一阵银色的闪光。

“啊，你们都带上了装糖果的包啊，”她说完，拍拍小本的背包，点了点头，“太好了！我已经给小丹的妈妈打电话了，告诉她你们会在 8 点左右到她家去交换糖果，还有你们最晚可以 8 点 20 分回家。”

“呃，谢谢伊阿姨。”小本说，“唔……我们能不能带上零食……和水？”

我看到特维斯点头，也跟着点了一下。

“你们要零食干什么，嗯？今晚你们会得到几百万颗糖果！”伊乌楚库阿姨笑着说。

“哦，对啊！”小本说道。他的黑色面具正像小鸡啄米来回点着。

“但是喝点儿水不错，可以冲淡糖分！”

伊乌楚库阿姨打开橱柜，拿出四支水，装进我们的背包里。

“好了。”伊阿姨正说着，我们就已经冲向前门了。“玩得开心——别吃太多糖，否则会生病的！诺亚！听到没有！”

诺亚躲在罩子下点了点头。

“谢谢。”特维斯挥着手说道。他已经快走到前院去了。今天是万圣节，院子的草坪上摆满了带着长木棍的南瓜灯。我之前还没有看到这些灯，应该是伊乌楚库阿姨趁我们换衣服的时候摆上的吧。

“好了，谢谢伊阿姨！”小本说。

“谢谢，伊乌楚库阿姨。”我也向伊阿姨道谢。她朝我微笑，然后轻轻拍了拍我的背。我也朝她笑了一下，心里却觉得非常愧疚。今晚过后，也许她就会气得再也不朝我笑了。

我们朝前院走去，刚穿过那扇“嘎吱、嘎吱”响的木门，看到迎面走来一群女巫，女巫身后是一群埃及木乃伊和僵尸。他们飞快地从我们身边跑过，奔向伊乌楚库阿姨家的大门。

“走这边！”小本压低了声音，招呼我们几个人跟着他走。

我们没有走向熙熙攘攘的大街，那里现在到处都是小孩和他们的家长，还有在空中飞舞的空糖纸。我们拐了个弯，走到伊乌楚库阿姨家和邻居家之间的小巷子里。我们艰难地穿过一大堆垃圾袋，来到一扇亮蓝色的花园大门前。

小本推了一下那扇门，上锁了。“特维斯？”他小声喊着，一边摘掉面具，再顺手把面具递给了我。

我接过面具。只见特维斯走过来半蹲着，两只手手掌并在一起，给小本搭了一层台阶。他的动作好熟练，仿佛他们以前经常这么干。小本一只脚踩在特维斯的手掌上，特维斯用力把他托了起来，小本好像坐电梯一样一下子腾空而起，一眨眼就消失在了门的另一边。几秒钟后，只听见一阵“咔啦、咔啦”的声音，花园的门“哗啦”一声打开了。

“嘘！”小本招手让我们进去，“看！伊阿姨在厨房里！”

在花园的另一边，厨房里有亮黄色的灯光透出来，把一个模糊的身影映在厨房窗户的花窗帘上。

“现在怎么办？”我蹑手蹑脚地跟在特维斯身后，问道。

“现在我们要等伊阿姨离开厨房。”特维斯小声地告诉我。

“然后我们才去讨糖果吃吗？”诺亚的声音有点儿大。

“嘘！”我赶紧制止他，同时伸出手去摸索着捂住他的嘴巴，“是的！但是要晚一点儿！我们要先去看妈妈的星星！知道吗？”

诺亚点点头，从罩子底下伸出手去抓住特维斯的胳膊，不再说话了。夜空中，不知哪里传来一声猫头鹰的啼叫，我们紧紧盯着厨房的窗户，等待灯光熄灭的那一刻。

不是秘密的秘密逃亡

在这个黑漆漆的夜晚，我，穿着老虎的衣服，和一只小小的无聊的幽灵、一副夜光骨架以及一位黑武士一起蹲在灌木丛旁，静静地等待着。这感觉可真奇怪。说到奇怪，我想起爸爸有一次带了个小丑回家，作为诺亚的生日惊喜。那不是玩具小丑，而是真的、活着的人类小丑，他会把长条气球扭成动物的形状，不过一个小时后他就消失了。爸爸总是喜欢给我们制造惊喜，那位小丑是他送给我们的最搞笑、最奇怪的惊喜。但是，如果他看到我和诺亚现在的样子，肯定会觉得更加奇怪！

"我的天啊，快点儿啊！"小本喃喃自语。厨房的灯还亮着。"她到底在里面干吗呢？"

"妮雅，我感到好无聊！"诺亚小声地说，"我想去讨糖果吃！"

"嘘！诺亚！很快了！好吗？我保证！"

这只小幽灵叹了一口气，又倒向特维斯的胳膊了。

“看！”小本兴奋地说。

厨房的灯灭了。

我们紧紧屏住呼吸，等着看伊乌楚库阿姨会不会再回去。但她没有回厨房去。

“她在那儿。”小本说着，手指指向高处的房间。那里刚才还是暗的，但现在有亮光了。“她回自己房间了！”

“好！”特维斯说，“就是现在！”

我们在草地上慢慢地爬进花园里的车棚。特维斯小心翼翼地把车棚大门上的银色大锁扭开，我们都焦急地等待着。一开始，我眼前只有一片黑，什么也看不见，但几秒钟后，我开始能看到一点儿影子了。我隐约辨认出车棚里有一辆大的自行车和三辆小一点儿的自行车，全都躺倒在地，好像有人让它们睡觉一样。

“后退！”特维斯一边小声地说着，一边挥手让我们出去，“我自己一个人把它们弄出去更快、快。”

我们慢慢地回到花园里，特维斯则把小一点儿的自行车一辆一辆地推出来，送到我们手中。没过多久，小本手里就推着一辆黑白条纹的自行车，而我则推着一辆亮蓝色的。

小本把他闪亮的黑色头盔从自行车把手上取下来，戴在头上。我也把苏菲的蓝色头盔取下来，戴上了。

“等一下！”小本看到我在调整苏菲的头盔的绳子长度，说道，“诺亚怎么办？我们没有给他准备头盔！”

“拿伊乌楚库阿姨的头盔怎么样？”我指着车棚里面问道。

“她没有头盔，”小本摇摇头，“去年她不知道把头盔丢哪儿了，也没有再买新的！”

“枕（怎）么了？”特维斯关上车棚的门，推着他的红色大自行车朝我们走来。

“诺亚没有头盔。”我小声说着，心里很不是滋味，作为姐姐的我竟然没有提前想到这一点。

“哦。”特维斯说。

我们三个人同时低下头来看着诺亚。诺亚小幽灵也抬起头来看着我们，一双裹在白色罩子里的大眼睛眨巴眨巴地看着我们。

“我知道了！”特维斯说，“在这等我！”说完，他踢了一脚自行车的停车架，把车放好，冲回了家里。

“你去哪儿？”小本皱起眉头，哑着嗓子喊。

但是特维斯已经跑到厨房门口，打开门溜进黑暗的厨房里去了。

有那么几秒钟，我感觉这一切就像一个怪异的梦。辽阔的夜空中，有一只鸟发出惊叫声，月亮也躲到厚重的云层中，整个花园像被黑洞笼罩着，连诺亚都安安静静的。小本的面具在月光下返着诡异的紫色光，诺亚的幽灵白罩子像一杯飘浮在空中的牛奶。

“快点儿啊，”小本着急的嘟囔着，将面具一把推到头上，“我们别干等着，先把诺亚弄上去！”

我点点头，坐到自行车车座上，小本把诺亚抱起来放到我面前的车把上。

“啊！好痛！”诺亚抱怨道。他在长长的车把上坐得摇摇晃晃。

“这样不行的！”我小声说，“这车的车型不对！”以前在家里，我的自行车车把比较低，和车身构成了一个三角形，所以每次诺亚想和我一起骑自行车时，直接挤进来就可以了。可是，苏菲的自行车不是这样的设计。

“怎么办？”我惊慌失措地问道。

“等一下！”小本小声地说着，把诺亚又抱了下来。小本踮起脚尖快速地溜进车棚里面。几秒钟后，他突然又出现了，手上推着一辆更大的自行车。

“你能骑伊阿姨的车！诺亚可以坐在这里。”小本说着，把一个大大的编织篮子卡在自行车后座。“之前怎么没有想到呢！”

“太棒啦！”诺亚大喊了一声，把我和小本吓得连连发出“嘘”声。

“但是……”我看看苏菲的车，又看看伊乌楚库阿姨的车。

“快啊！”小本催促着我，好像看穿了我的想法，“我们现在没得选！只要你能骑上去就行！我们又不是要偷！只是借用一下而已。”

我一边在心里默默地对伊乌楚库阿姨保证，一定会很小心地骑她的自行车，一边将自行车车座调到最低。伊阿姨的车比苏菲的车更大、更重，我把腿用力往下伸，才勉强能用脚趾够到脚踏板。我把屁股后面的老虎尾巴缠到手臂上，回头一看，小本正在把诺亚抱到篮筐里，还帮诺亚把脚放在外面，我给小本竖起了大拇指。这样的姿势让诺亚只能看到后面，而看不到我在前面的动作，不过这样对他来说可能会更有趣吧。

“诺亚，这样舒服吗？”我扭过头向下看着他问道。

诺亚小幽灵点点头，“咯咯咯”地笑了起来。

“棒！”小本说完，把苏菲的自行车推回车棚里去。他刚把车棚的门锁上，突然间，一阵恐怖的、震耳欲聋的金属碰撞声在我们耳边接连不断地响起。

我们回头往房子的方向看去。房子里传出各种铁盆、铁桶乒里乓啷砸到地板上的声音，像一副铁制的多米诺骨牌在厨房里倒塌了。每一个巨大的金属撞击声都让我们心惊肉跳！就在这些巨响响起的同一时刻，在伊乌楚库阿姨房间旁边的窗户里射出了一束白光，白光打在我们旁边的车棚上，好像这个车棚做了什么坏事被警察逮了个正着似的。我们都屏住呼吸等待着。一秒钟后，厨房门“砰”的一声打开了，只见特维斯全速朝我们飞奔而来，他腋下夹着一个闪着银光的有很多洞的锅，一只手里抓着四个鼓鼓囊囊的糖果袋，另一只手攥着几个又小又方还发着光的东西。

“跑啊！”他发狂似的大喊。

房子二楼又亮起了一盏灯。

“我的天啊！”小本惊讶地喊叫起来，拔腿就往花园大门冲去，手上还同时推着他和特维斯的自行车。但是他还没走几步呢，特维斯就气喘吁吁地跑到我们身边了。他把糖果袋甩给小本，握住自己的自行车把，猛地推开花园大门。

“诺亚！坐稳抓紧了！”我小声地说着，脚上使出最大的力气去踩自行车脚踏板。

我听见小本的自行车从我身边“嗖”地飞驰而过，听见扶着花园大门的特维斯发出急促的呼吸声。但是无论我多努力，都没法让自行车跑起来，好像这车知道我是个小偷，所以不愿意动似的！

“刹、刹车！”特维斯着急地说，“松开刹车！”

我低头看了自己的手一眼，突然觉得脑子像卡了壳。是啊！刹车！我太紧张了，手指一直紧紧地捏着刹车把手呢！我马上松开手，自行车顺势朝前冲了出去，脚踏板也自由地旋转了起来。

“快啊！”小本一边催促着我，一边把面具拉下来戴在头上。这时，从厨房窗户又透出了光亮。我一想到自己马上就要被抓住了，身体突然涌起一股力量，于是我站了起来，用尽全身力气疯狂地踩着脚踏板。还不到两秒钟，我就穿过了花园大门，听到车轮和街道摩擦发出的尖锐刺耳的声音。

“来！”特维斯大喊着，朝我靠近，然后把一个滤锅盖在诺亚的头上，又飞快地骑到我前面去了。

“太空头盔！”诺亚兴奋地大喊。滤锅的金属小孔部分往下滑，正好遮在他的眼睛。

“没错！”我说着，脚下的动作越来越快。

有人从锅碗瓢盆堆成的小山里冲了出来，朝我们大喊：“停下来！小偷！”

小本和特维斯的影子马上就要消失了，我一边朝他们的方向飞驰，一边按了一下车铃，让他们知道我就在他们身后。我回过头去看着诺亚，告诉他：“抓紧了，诺亚！我们要去外太空啦！”

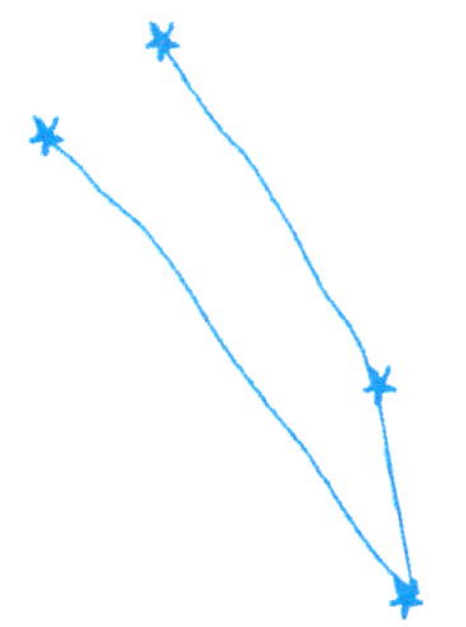

曲折漫长的出走之路

我驾着风“嗖嗖”地在马路上飞驰，脚下的两个脚踏板转得越来越快。小本和特维斯在大马路上左闪右避地前进着，小心地躲开伊乌楚库阿姨家附近那一大堆跑来跑去讨糖果的小孩，而我则紧紧跟在他们身后。

“嘿！”

“小心！”

“看，爸爸！骑自行车的老虎！”

“哇！慢一点儿！”

“蠢小孩！”

各种不同的声音在大街上此起彼伏。我们把自行车铃按得“叮叮”直响，加速穿过拿着爆满的糖果包在街上游荡的女巫、巫师、科学怪人，还有至少二十个迷你吸血鬼德古拉。几乎家家户户都挂着蝙蝠形状的小彩灯和用电池蜡烛点燃的南瓜灯，门口还摆着感应式棺材，只要有人经过，棺材的盖就会自动打开来吓人。这一切看起来是多么有趣啊，让我更希望此时能有妈妈陪在身边。比起去伦敦找星星猎手告诉他们关于妈妈的事情，我更想和妈妈、诺亚一起去讨糖果。如果她能牵着我的手，带我们走在大街上，挨家挨户地去敲门，如果能听到她温柔的提醒，让我们记得多留点儿糖果在上学的时候吃，那该有多好！一想到这些，我的喉咙又疼了，眼睛也开始流泪。我赶紧把这些想法通通清除，尽量不去看我们身边那些洋溢着幸福微笑的、家庭美满的爸爸妈妈们。

我超过了特维斯，但没过几秒钟，他又骑到了我前面，还加速冲下街道。“快！”他大喊一声，好像后面有人在追我们似的。在道路的尽头，他的速度慢下来了，同时拨动了自行车铃，好让我们都能注意到他。紧接着，他拐了个弯，消失了。小本跟着他，马上也不见踪影了。我用力地踩着踏板，再次跟上他们。

“诺亚！你还好吗？”我问道。我的心跳声太响了，必须很认真才能听到诺亚的回答。现在，我不仅是个逃跑的小孩，还把诺亚、特维斯和小本都变成了逃跑的人。不仅如此，我还偷了伊乌楚库阿姨的自行车。我感觉自己体内不止有一颗心，而是有四颗心脏在一起跳动。

“好！”诺亚大声回答道。

这时，自行车碾过一些细碎的鹅卵石，它们看起来像鱼骨头一样。

“真好玩儿！”诺亚大喊着。

我用力眨巴了一下眼睛，努力看清前面小本和特维斯的身影，脚上也不敢放松，用力踩着脚踏板，跟着他们一会儿骑在左侧，一会儿骑在右侧，一会儿又拐个弯。骑行的道路越来越窄，我们两侧的树木和灌木丛好像离我们越来越近，仿佛它们都在好奇我们想做什么似的。自行车轮和道路摩擦发出“唰唰”的响声，此起彼伏，像一阵阵海浪，夜晚的风不断摩挲着树木的头顶、躯干和无数叶子，发出“沙沙沙”的声音，这声音甚至盖过了我们的车轮声。夜空中，夹在大片乌云中的月亮也在追赶着我们。

继续向前进！我们已经在前往伦敦的路上了。我努力想让自己和预想中一样高兴，但满脑子都是伊乌楚库阿姨会派多少警察、负责人和黑西装阿姨来抓我们，所以一点儿也高兴不起来。他们很可能已经出发了。我们被抓住之后会发生什么？我想，哪怕我向所有人解释一切，告诉他们小本和特维斯是受我强迫才帮忙的，他们肯定也会把我和诺亚带到坏孩子应该去的地方，把我们永远分开。这就意味着，一旦我解决了妈妈的星星的名字问题，我和诺亚就不得不真的踏上逃亡之路了。我们要去找爸爸，让他救我们。我当然不想离开小本和特维斯，尤其是在他们说要成为我的兄弟之后，而且还陪我一起去找妈妈的星星，但是我只有离开他们，才是真正对他们好。我绝对不希望因为自己而导致没有人愿意收养他们。

道路两侧的路灯慢慢变少了，树木也渐渐消失。特维斯慢了下来，拨了几下车铃，提醒我们不要跟丢了，然后转了一个目前遇到的最急的急转弯。我跟了上去，转弯时自行车发出刺耳的“嘎——”的声音。拐弯后，我发现我们来到了一条更狭窄的小道上，这小道只能容纳一辆车通行，道路两侧是大片的空地。我忍不住想，特维斯是怎么知道该走哪一条路的呢？路边并没有指示牌呀，而且他一次也没有停下来看骑行地图。

道路渐渐向上，有了坡度，我的双腿更加酸软了。小本和特维斯的速度也慢了下来。道路两侧大片的灌木丛肃穆地立着，像两支长满刺的军队，告诫着人们要小心。黑漆漆的，两边是一大片广阔幽暗的干枯田野，这些灌木丛是我们眼前唯一的颜色了。我们骑得越远，灌木丛就长得越高，最后，它们把田野彻底遮住了，除了灌木丛，我们只能看到头顶的天空。

“嘿！我们来……唱……首歌吧！”小本低吼了一声，用力蹬了一下脚踏板，气喘吁吁地说道。

道路越来越陡峭了，在黑暗中看起来甚至有点儿像一座山。

“这样……时间……过得更快！”

“好啊！”特维斯大喊着回应道，还拨动了他的车铃，“但是脚上可别停！”

我告诉自己的腿要继续加油，然后点点头。有什么歌是我们都会唱的呢？

“诺亚——你来选歌！”特维斯大声说。

我能感觉到诺亚在篮子里扭动身子的动作，他想转过来看我们。

“诺亚，小心！”自行车开始摇晃了，我赶紧警告诺亚。我看不见诺亚的表情，但是他没有再动了。突然间，他像是把全身力气就集中起来猛地爆发了一样，尖声大叫：“A-WIMBA-WOMBAAAAAAAH!”他的尖叫声划破了宁静的夜空。

“A-WIMBA-什么？”小本在自行车上扭过头来看我，奇怪地问道。

我笑了。这是诺亚的“快乐之歌”，每次他感觉身边的人都很幸福的时候，就会在饭厅对爸爸妈妈唱这首歌。

“你知道的！就是……《狮子王》里的歌。”我一边解释着，一边赶上小本，紧随其后。我真庆幸现在是夜晚，他看不见我的脸有多红。我张开口，用最大的声音唱了起来。

“哦，是的！”小本说着，扭过头来看我，“我知道……是那首歌吧！”

骑在我们前面的特维斯也唱起来了：“A weeeeeeeezabimba-imba-waaaaaaaaaay!”他的歌声让诺亚感到非常快乐。诺亚几乎要从篮子里跳起来了，马上大声应和特维斯：“A-WIMBA-WOMBA-WIMBA-WOMBAWIMBA-WOMBA”

突然间，特维斯的自行车跳起来了，又重重地落回地面，摇摇晃晃地扭到道路左侧。“小心！木棍！”他大喊道。

“木棍！”小本又重复了一遍，然后扭到左侧，回到右侧，又扭到左侧。

我准确地模仿着他的动作，这样我的车轮就避开了道路中间那一根长长的木棍了。我拨动车铃，作为对特维斯的致谢——他一定知道我的后座载着诺亚，如果碾到了这样一根木棍，肯定会摔到地上的。

骑在最前面的特维斯也拨动车铃，我知道他在说“不客气”。在这之后，我们都安静了。这样我们才能集中注意力观察前面的路况。

道路两侧的灌木丛又变小了，树木和田野又现身了。我们依然在沉默中前进。时间一分一秒地过去，我感觉自己的双腿越来越沉重，呼吸也越来越大声，这条路越来越难走。一滴圆润的汗珠慢慢从我的鬓角沿着脸颊滑落，滴到苏菲的头盔的松紧带上，消失了。我真希望去伦敦的路都是下坡路，这样我们就能快一点儿抵达终点了，而不是像现在这样艰难地在上坡路骑行。电脑上的地图并没有告诉我们一路上会遇见那么多上坡、小土坡、小山丘和像蛇一样阴险的木棍，更没有告诉我们这些阻碍极其影响我们的速度！

我伸出手去准备拨一下车铃，问问他们能不能停下来休息一会儿，但我马上停住了。我能感觉到自行车下的道路有晃动的感觉，我还听见身后传来了机器运作的声音。下一秒钟，两束巨大的光就从拐角处射了出来，照在我身旁的灌木丛上。

“有车——！”我尖叫起来，赶紧把自行车往灌木丛方向撞去，汽车飞快地从我身边擦过。自行车撞上了灌木丛，感觉像有几百万根树枝刮在我的脸上和手上，然后灌木丛又把我们弹回到马路上，好像很讨厌我打扰似的。我感觉到诺亚的篮子松了，脑子里马上就想到了接下来会发生的事。我赶紧从车座上下来，向后伸出手去抓住诺亚和他那件轻飘飘的白色罩子，把他拽向我。诺亚啜泣着摔到我身上，我重心不稳向后一跌，整个背狠狠地砸在路面上，一瞬间竟无法呼吸了。我和诺亚躺在地上一动不动，我努力尝试着恢复正常呼吸。不远处传来了一阵刺耳的急刹车的“嘎吱——”声、碰撞声、轮子和地面的刮擦声，还有一声响亮的惨叫。紧接着，汽车发出了愤怒的鸣笛声：“哔——”

“我还想‘哔’你呢！”我听见小本生气地吼道。

我硬撑着站了起来，把诺亚扶起来，然后快速看了看四周。刚才的汽车消失在了黑暗中，好像它从没出现过似的。特维斯和小本则挣脱着从灌木丛中脱身。他们俩没有像我和诺亚一样摔倒。

“大家没事吧？”小本问着，朝我们跑了过来。

“阿、阿妮雅？”特维斯听起来很担心我。

但我没有回答他，因为即使现在是在黑暗中，我也能看到诺亚的幽灵罩子被刮破了，他的下嘴唇在颤抖，而且不停地用手背擦眼泪。在他的脸颊上有一道长长的红色划痕，那是灌木丛的枝从滤锅的小孔中戳进去划伤的。

“诺亚，痛吗？”我问着，凑近他的脸颊，想仔细观察一下伤口。

他点点头。我看得出他在努力忍痛，想当一个勇敢的孩子，因为要是在以前，他肯定早就鬼哭狼嚎了。

我舔了舔我的老虎爪子，用口水擦了一下诺亚的伤口。以前诺亚在公园里摔倒的时候，妈妈都是这样做的。每次我们受伤，她总是会舔一舔什么东西，然后用那个东西擦拭我们的伤口。

“咦！”诺亚嫌弃地把我的手推开，然后把我抹在他脸上的口水擦掉，就像他以前对妈妈做的那样。不知怎么的，看到这个熟悉的举动，我感到既幸福又悲伤。

“嘿！你们觉得刚才那辆车会是警察或机构的人吗？”小本问着，抬起头来看着前方的路。但路上已经恢复了之前的黑暗和幽静。

“不会的，否折（则）他们肯定停、停车了。”特维斯皱着眉头看我，“阿妮雅，你确定自己没事吗？”

“没事，”我耸耸肩，撒了个小谎。我左边脚踝钻心的疼，脸颊和下巴也有一阵阵的刺痛感，但我什么也不想说，因为我害怕他们会让我折回去。

“但是……你的脸，”小本指着我的脸说，“还有你的……”他又指了指我的手。

诺亚不再揉眼睛了，而是抬起来头看着我的脸。

“怎么了？”我问道，抬起双手。我能看到自己的两只手上布满了长长短短的伤痕，就像被一只隐形猫用利爪攻击过。我伸出手指靠近自己的脸，小心翼翼地碰了一下脸颊。我能感觉到上面布满了伤口。下巴也是。

“不疼的。”我强装镇定地说，心里庆幸着还好现在不是白天，大家都看不清那些伤痕。“我待会儿清洗一下就好。”我强忍着左踝的疼痛，把自行车扶起来，坐上车座。

“快！接着骑！”我尽量让自己的声音听起来和平时一样。我们必须往前走——现在还不能停。“你们能不能帮忙把诺亚放进来？”我强忍着眼里的泪水问道，“我们到伦敦还有多远？”我把单车拉到距离灌木丛比较远的地方，回头看了一眼，确定后面没有车了。

“还、还很远。”特维斯一边说，一边把篮子固定好，然后把诺亚放了进去，“我们快、快到牛、牛津了。但现债（在）已经接近9、9点了。”

“那我们就来比赛看谁先到伦敦！”我大吼一声，用脚踝能忍受的最大力度踩着脚踏板，一边忍着脸上不断抽搐的疼痛。

特维斯和小本冲向他们的自行车，没过几秒就再次超过我了。我看到特维斯的车把手上有一个发着蓝光和灰光的东西，不知道那是什么。在黑暗中，它看起来像一部手机，但我知道特维斯没有手机，所以那肯定是其他东西。我叮嘱自己的大脑，下次休息的时候一定要记得问他那是什么。

我们继续往前骑，我感觉脚踝的疼痛越来越剧烈，脑袋越来越闷热，手上和脸上的划痕刺痛感也越来越强烈。小本和特维斯刚才还在聊天、唱歌，现在他们都安静了，而且感觉离我非常遥远，好像我们身处不同的星球。我真希望路边能有一块路牌，告诉我们还要骑多远、还要跨过多少山坡才能到伦敦，但是道路上什么都没有。只有一望无际的带刺的灌木丛，使这条黑漆漆的道路显得更阴森、更不友善。

特维斯拨了一下车铃，向右转弯拐进了一条无名小道。我们刚转弯，天空中就传来一阵“轰隆隆”的巨大闷响声，好像有人用一块黑布遮住了整片天空，我们头顶的星星和月亮瞬间都消失不见了。几秒钟后，一滴硕大的冷雨打在我的鼻尖上。

“完蛋了！”小本大喊着，把帽兜戴了起来，“下雨了！特维斯！下雨了！”

“我知道！”特维斯也大吼着回应，脚下骑得更快了，“跟紧我！”

我告诉自己的腿，一定要用尽所有力气去踩脚踏板，要用上这辈子最大的力气。我大喊一声让诺亚坐稳，压低了身子前进。雨非常大，好像有一个巨人打开门往外面接连不断地泼水似的，豆大的雨滴狠狠地砸在我们身上。

我们的衣服变得又湿又重，自行车更加难骑了。脚下的道路原本又干爽又清晰，突然就变成了一条滑溜溜的黑色洪流，密集的雨点让我开始看不清小本和特维斯的自行车车灯了。就在这时，一阵冷风呼啸而来，把我们的脸和手指都吹得冰冷麻木。我的脚踝在抗议，我跟不上他们的速度，开始掉队了，我的眼睛也看不见小本和特维斯的身影了。但就在我以为自己再也踩不动脚踏板的时候，特维斯大喊了一声：“这边！”然后他用力地拨动车铃，向右转了个弯。

我们一转过来，就发现道路变得宽阔通畅了。前方不远处有一块大大的路牌，上面写着：欢迎来到牛津城。我们飞驰着经过它，很快，就看见路旁街灯盏盏、已经关门的商店招牌还闪烁着荧光，马路对面还有一辆巴士在闪着橙红色的灯。

特维斯用力地拨动车铃，从自行车上跳了下来，推着自行车全力奔跑，冲向一栋高大的建筑，那里有好多楼梯，楼梯尽头有很多柱子。在那栋建筑旁边是一条狭窄的小巷，小巷入口处孤零零地立着一根灯柱，灯柱上有一块蓝白相间的牌子，写着“逻辑巷”三个字。

“上来这里！”特维斯指挥着我们往一扇巨大的木门走去，那扇木门和门前的大柱子间的地板砖还是干燥的。

我们把自行车靠在墙边，跑上台阶，躲在柱子后面瑟瑟发抖地抱成一团，看着柱子外铺天盖地的大雨倾泻而下。

“我们要等多久？”小本问道。他搓了搓手掌，朝掌心连连哈气。

特维斯耸耸肩：“等雨停了偾（再）说。”

小本点点头。诺亚抓住我的胳膊，像一只想回家的小狗一样汪汪叫。

“但是……这雨可能要下几个小时。”我说着，希望这场雨能马上就停止，证明我说的话是错的。

“是啊，”特维斯淡淡地说道。“啪嚓”一声，一道银色的闪电将夜空劈开了。他马上后退一步挨着木门坐下。“但是这样的地面，我们也不能骑车了。我们要等。”

我看着滂沱的大雨，看着雨点重重地砸在地面上。我知道，我们可能没办法按时赶到皇家星星猎手那里了。就算雨停了，就算有星星引导我们前进的方向，我受伤的脚踝和飞快流逝的时间也让我放弃了希望。我们的机密任务失败了，我没有办法拯救妈妈的星星。我什么事情都做不了了。

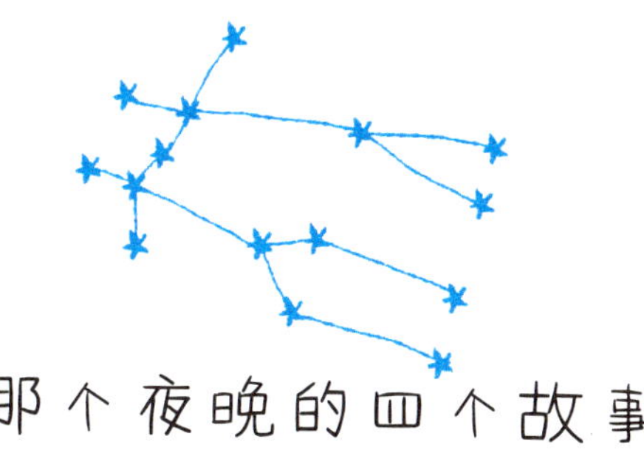

那个夜晚的四个故事

“天啊！这场雨到底什么时候才能停？”小本问道。他从糖果包里抓出一把糖果，把手伸向我，但是我摇摇头拒绝了。我的喉咙又关上门了，它不肯让我吃东西。现在就算有可乐我都不想喝。

没有人能解答小本的问题，大家只是干坐着，盯着眼前的雨水发呆。诺亚的头靠着我的胳膊，开始一顿一顿地点着，还打起了小呼噜。我把诺亚扶好，把他的头盔轻轻取下来，自己调整好坐姿，让诺亚不会往下滑，靠得更舒服一点儿。我低头仔细观察他的裤子。裤腿的部分都被雨打湿了，但是他的幽灵罩子帮他挡住了大部分雨水，所以裤子中间往上都是干的。这太好了，说明他没有尿裤子。

“那么，我们现在怎么办？”小本问道。他已经抓了第三把糖果了。特维斯把膝盖并拢，把头搭在膝盖上，眼睛直视前方，累得都不想回答了。

我张了张嘴。但是我的喉咙紧闭着，一个字也说不出来。

“我们要继续前进。”特维斯从他的外套口袋中拿出一个小小的黑色物品，递给我。原来是伊乌楚库阿姨的卫星导航。怪不得特维斯知道要走哪条路，而且还不用停下来看地图……

“没想到你竟然拿了这个，”小本咧开嘴，笑着摇摇头，说道，“伊阿姨要是发现它不见了，肯定要把整个房子翻过来找了。”

特维斯耸耸肩，说：“我看到它插在厨房里充、充电，就想、想它应该能派上用场。反正，我只是借、借用一下而已。”特维斯按住“开”的按钮，屏幕上出现了一个光头小人的卡通形象，他的眉毛粗粗的，笑容很灿烂。在他头顶上闪着一行字“迪纳导航专家伴您一路平安”。几秒钟后，光头小人消失了。屏幕上出现了一条粗粗的蓝色线，蓝线旁边还有很多细小的灰色线。屏幕中间有一个小箭头，看起来就像一架纸飞机，显示着我们现在所在的位置。箭头旁边写着“考试学院”几个字。我扭头看看身后的大门。我还不知道有学校是专门让你整天考试的！我提醒自己以后可千万别去这种学校啊！

特维斯点了点屏幕底部的数字，示意我看。当看到屏幕底部左边写着“1.38h”，右边写着“51miles”时，我的心一下子振奋起来了，但是特维斯马上又跟我解释：“这是汽、汽车行驶的时间。我们骑智（自）、智（自）行车，时间要翻、翻倍，还不止。”听到这，我的心又沉了下去。

小本点了点头。我依然盯着小屏幕看。

“对、对不起，阿妮雅，”特维斯说，“我想我们可能没办法准时到那里了……”

我点点头，生气了咬了一下自己的舌头。如果我昨天一做好打算就出发，不让其他人加入，很有可能现在已经到星星猎手那里了！

“伊阿姨肯定会杀了我们的。”小本说着，用牙齿拉扯着一根草莓味的长条橡皮糖，“不过如果她真的很生气的话，”他说，“那我就要提醒她，她以前跟我们一样的时候也是经常逃跑的。”

我转过头去看着小本，感觉意外又疑惑。听到这样的信息，我的声音又跑回来了，我听到自己在问：“你说的是什么意思？难道她以前也是孤儿吗？”

“是啊！而且她也很调皮的，”小本说着，身体前倾，探出头来看我，“她以前也经常逃跑的，因为她讨厌身边的所有人。不过后来，她遇到了一个非常好的养母，从那时起，她就决定以后也要当一个善良的养母，所以她才对我们那么好的。”

“但是——她怎么会是孤儿呢？”我问道，心想为什么她不告诉我和诺亚自己以前也和我们一样呢？

“她妈妈生了很严重的病，不能照顾她了，其他人也都不想要她，”小本说，“她被弃养，成了弃儿。后来她妈妈死了。她也想被人领养，但总是没有人领养她。因为她当时年龄已经很大了，所以她就一直逃跑。”

“年龄很大？”我皱着眉头问道。

“是啊，”小本说，“只有小孤儿才会有人收养。如果你是一个小宝宝，肯定会有人想收养你。但孤儿一旦长大成了青少年，就没有人要了。青少年受荷尔蒙的影响，脸上开始长痘痘什么的，还有就是太高了。所以我和特维斯才希望伊阿姨能收养我们。我们已经到年龄了，而且太高了，这大概是我们最后的机会了。”

我看向特维斯。他回过神来了，朝我点点头，好像很不希望自己如此茁壮地成长。

“伊阿姨想要自己的孩子，也想要收养孩子，”小本接着说，又往嘴里塞了一条草莓软糖，“这是她和伊乌楚库叔叔耶（结）、耶（结）、婚、以后的想法，”他用力把一大条软糖吞了下去，接着说，“不过他们俩没能生出孩子，你也知道，伊叔叔得癌症去世了，她就成了养母。”

“哦。”我低低地回应一声，不知道还能说些什么。现在我们知道为什么伊乌楚库阿姨每天脸上都挂着笑容，而且从来不因为诺亚尿床或大声尖叫而责骂他了。我也比以前更担心了——万一伊乌楚库阿姨不相信这个逃跑去伦敦的计划是我一个人的主意，执意不收养特维斯和小本的话，该怎么办？万一这次我让他们一起去找妈妈的星星，结果害他们失去了获得家庭的最后机会怎么办？我感觉自己喉咙深处长了一个巨大的结。

“不过你和诺、诺亚不用担心，”特维斯说道，“诺亚还小，而且大人都喜欢把兄弟姐妹一起带走。”

“为什么伊乌楚库阿姨还不领养你们呢？”我问道，“你们都比苏菲好太多了！伊阿姨应该领养你们，不应该领养她。”

特维斯摇摇头。小本说：“不是的。苏菲从六岁开始就在伊阿姨家生活了！我和特维斯去年才来的。特维斯先来，我在他之后两周才来。时间太短了，她肯定不会那么快就说要领养我们的。”

“是啊！”特维斯表示赞同，然后又低下头去看着自己的膝盖。

一时间，谁都没有说话。然后，我问了一个自从我第一天来到伊乌楚库阿姨家就想问的问题——“那，你们是为什么来到寄养家庭的？你们的爸爸妈妈也突然消失了吗？”

特维斯和小本没有回答，他们看了看彼此，好像是在问对方应不应该告诉我。他们肯定都说了“应该”。因为小本很快就看着我，说：“我来这里，是因为我的爸爸妈妈已经不能好好地照顾我和姐姐了。”

“哦！”我说着，点点头，尽量保持冷静，虽然我很想把嘴巴长得大大的，也很想紧紧地盯着小本看。没想到小本有一个姐姐！还有妈妈和爸爸！

小本低下头去，对着自己的帽兜说话，好像是在回答帽兜的问题。“爸爸以前是一个送货员，”他接着说，“他有一辆自己的小货车，工作还不错。他心情好的时候，会带我们去看足球比赛。这是他送给我的。”他说着，摸了摸他的卫衣，“我们都支持纽卡斯尔联队。他以前就是这个联队里的人。”

我点点头。我也有自己最喜欢的卫衣，是爸爸妈妈从迪士尼乐园里给我买的。那是《狮子王》主题的，上面还有狮子的照片，真正的狮子，不是卡通狮子，它们的眼睛里还撒了金粉。如果我现在还能拥有它，我也会每天都穿着它的。

“不过后来，他的工作没了，公司也倒闭了，爸爸非常伤心。”小本说道。他吸了一下鼻子，好像在流鼻涕。“从那时候起，他就经常去酒馆。每次从酒馆里回来，他都会朝我们大吼大叫，还伤害妈妈……后来有一天，妈妈让他离开这个家，永远不要再回来。那天，他把我们揍得很惨。我和姐姐就被别人带走了，我们去了很多领养家庭，见过很多领养父母。大部分人我们都不喜欢，所以就一直逃跑。不过当我们来到伊阿姨家时，我很喜欢这里，所以我留下来了……”

“那你姐姐呢？”我问道，心里希望她不要住在离伊乌楚库阿姨家太远的地方。

“她不喜欢住在领养家庭里，”小本说着，更大力地吸了一下鼻子，“所以她又跑了。不过她现在已经十八岁，可以自己生活了。她搬到威尔士去了，而且她……她不是很想看见我，因为这会让她想起以前不好的事情。就这样。”小本始终低着头看自己的帽兜。

“哦。”我应了一声，心想，不知道小本的亲生妈妈现在在哪里，不知道她怎么样了。但我知道小本肯定不希望我再问他问题了，所以我没有再开口。

我等着特维斯说些什么，但特维斯只是坐在诺亚身旁，静静地看着我。他张了张嘴，然后看向小本，说：“小本，你来说吧。”

小本轻轻点了一下头，说：“特维斯的妈妈在他七岁时就过世了。她生病了，去世的时候只有特维斯陪在身边。他爸爸在他还是个小婴儿的时候就跑了，所以社工让他和他阿姨一起住过一段时间。但他阿姨对他不好，所以有一天他就被带走了，去了其他领养家庭，从此就一直过着这样的生活。”小本说完，耸了耸肩，好像他刚才说的事情极为平常。

我抬起头看着特维斯，但我没办法和他对视。他的头发耷拉下来遮住了脸。他一直低着头看着自己的膝盖，然后不停地用手指把膝盖上的什么东西往远处弹。现在我知道为什么特维斯之前问我“妈妈的心脏离开身体变成星星的时候会发出什么声音”这个问题了。

“他不喜欢提这些事，”小本说，“因为医生说他就是因为这些事情才会结巴的。是他阿姨害的。”

我皱了皱眉，不明白怎么会有人能让别人结巴呢？诺亚以前偶尔也会结巴，但只有在他调皮捣蛋或者打破了东西很害怕的时候才会这样，之后他又会恢复正常了。

“他阿姨害他结巴？”我问道。

小本点点头，“是啊……你知道吗……就是让他总是很害怕，不敢把话说完。苏菲偶尔发火的时候，就会让特维斯结巴得更厉害。”

特维斯用力吸了一下鼻子，就像小本刚才那样。

“为什么苏菲总是对别人那么凶呢？”我不解地问道。我想起了面碗的事，想起她那个“我讨厌你”的眼神，还有我的小银锁。想到她会让特维斯结巴得更厉害，心里就前所未有地讨厌她。我从来没见过像她那么坏的人。

“因、因为她怕伊乌楚库阿姨会收养我们。”特维斯平静地说。

小本点点头，“她以前也和我们一样，是个孤儿。但是伊乌楚库阿姨很爱她，并且收养了她，所以苏菲不希望伊阿姨去爱别人或者收养别人。我猜她大概是害怕伊阿姨会爱别人更多，或是担心伊阿姨会变得没那么关心她了。她一直都是用这种欺负别人的方式去把其他孤儿赶走的，哪怕她自己也体会过流离失所的滋味。她爸爸在她很小的时候就去世了，而她妈妈不想养她，就把她送走了。她以前也去过别的领养家庭，有过其他养父母，但是在她六岁的时候，伊阿姨就把她接走了，后来她就再也没有离开过。她真的、真的很幸运。”

“是啊。”特维斯说道。他终于把头发拨起来，让我们又能看见他的脸了。他的眼睛看起来格外闪亮。

我静静地坐着，思考着自己刚才听到的话。我从来不知道会有妈妈愿意把自己的孩子送给别人，不知道原来对别人不好会害人说话结巴，也不知道会有伤害妈妈的爸爸从而导致整个家七零八落。所有这些听起来都太糟糕、太不公平了。

我把头搭在诺亚的头上，思考着为什么爸爸还不来找我们。他以前常说他是一个顾家的人，所以我知道，他肯定不希望的家庭不完整。在“不像样宾馆”里，妈妈说我们要躲着爸爸很长时间。但现在妈妈走了，我想她说的话也不作数了。只要爸爸找到我们，我就会让他帮助小本和特维斯，让他们尽快被人收养，这样他们就不用再担心了。

我的思考被一辆突如其来的红色大巴车打断了。它忽然出现，径直停在我们面前，把雨水都冲到楼梯上了。我们赶紧把膝盖收起来，紧紧地抵住胸膛。那辆巴士里非常明亮，里面还有很多乘客，有的人正把头靠在车窗上睡觉。车门“嘶”的一声朝两侧打开了，有一些人用外套盖住头，跑到逻辑巷里去了。

大巴的门缓缓关上，马上就要离开的时候，特维斯突然站了起来，“看！”他兴奋地大喊，手指指着巴士的后面。

我身子前倾，快速阅读着贴在巴士后面的白色大字。上面写着：

牛津巴士站
每 10 分钟一班
全天无休
牛津到伦敦
每人八英镑

“就是这辆车！”小本高兴地大喊，敲了特维斯的手臂一下，“我们坐大巴去伦敦吧！”

我坐了起来，心里非常激动，甚至忘了诺亚的头还搭着我的肩膀呢，他的小脑袋一下子滑到我背上去了。我再次扶起他，把他的头靠在我的肩上。

“我们能坐吗？”我问。如果我们现在马上坐巴士，也许还可以在午夜前赶到伦敦！“我们的钱够买票吗？”

特维斯点点头。“够，我们应该够的！我和小本已经把所有钱都带上了。但我们要等到早、早上——等车上有更多乘客，那时候司机才不会报警抓我们！”

“是啊。”小本表示同意，一边晃了晃他的包，包里面硬币发出丁零当啷的响声。“巴士比骑自行车安全多了——如果伊阿姨已经打电话报警的话，我们现在就是通缉犯了！而且我们坐巴士就不会被乱开车的司机弄得摔倒。”他补充道。

“但是……但是比赛今晚就截止了。明天早上就太迟了，”我提醒着他们，“星星猎手明天早上肯定不在那里了，他们只有在星星出来的时候才工作，记得吗？如果星星猎手不在那里，那我们就找不到人解决妈妈的星星的事情了。我们最好现在就走！”

特维斯摇摇头。“现在坐巴士太晚了。我们这个年纪，没有人这么晚单独出门的——哪怕是在万圣节！但如果我们早上去的话，”特维斯说着，越来越兴奋，“我们还可以赶上盛会派对！记得吗？电脑会在今天凌晨选出名字，但是没有人知道那个名字是什么，名字会在明天的派对上公布！”

我低下头看着诺亚，非常用力地思考。小本和特维斯说得对。那个网站上确实说了，妈妈的星星的名字会在盛典上公布……也就是说我们还有一天的时间，告诉星星猎手一定要用妈妈的真名来给星星起名字，而不要用电脑选的别人起的假名字。我知道妈妈肯定不想别人喊错她的名字，我也知道她不会介意再等一段时间让我把一切都处理好。我们还有机会。只要伊乌楚库阿姨和警察抓不到我们！

“好。”我说着，拼命抑制自己想要跟在巴士车后面奔跑的冲动，哪怕现在下着雨。“明天一大早我们就出发！”

“那我们先睡、睡觉吧。”特维斯说着，把他的头骨帽兜戴在了头上。

小本点点头，自言自语地说：“伊阿姨一定会杀了我们的……”他说着，裹紧自己的斗篷，把黑武士的面具戴在脸上挡雨。

坐在我身边的诺亚叹了一口气，然后倒向另一边，靠着特维斯的手臂睡着了。

我也很想睡觉，因为我的眼睛和我的脚踝一样——又肿又酸，很不舒服。但每次我闭上眼睛，都会忍不住想起伊乌楚库阿姨、小本、特维斯和苏菲他们四个人的故事。我忍不住好奇，这世界上到底还有多少孤儿、多少养父母、多少领养家庭？我好奇，为什么自己以前从来没有听说过这些事情呢？直到现在我也成了孤儿，也住在领养家庭里，我才知道原来还有这样的事情存在。我硬撑着睁开眼皮，盯着拍打在楼梯上的雨水，直到——我的耳朵里好像被人塞了两团柔软的羊毛球，雨水落到地上的声音渐渐远去。我的眼皮越来越重，再也睁不开了。不知到了什么时候，我放弃了，就这样陷入了睡眠的黑洞中。

不寻常的可疑人物

"喂！你们这些小鬼在这里干什么？"

我一下子睁开眼睛，盯着眼前这个俯视我的奇怪老人。他穿着一条亮黄色的短裤，上衣夹克的颜色和爸爸的荧光笔一样。他留着一把浓密的胡子，还有两条更浓密的眉毛，手上拿着像拐杖一样的长木刷。

我眨眨眼，想赶紧把自己的脑子叫醒。因为我现在根本不知道自己在哪里，也不知道自己是不是还在做梦。我坐直了身子，诺亚的"太空头盔"从我的膝盖上滚了下来，落在地板上发出"咔啦、咔啦"的声音。一瞬间，我想起来了！我们在牛津——我们必须在今晚盛典开始之前坐大巴去伦敦！

"我说！你们这些小鬼在干什么？万圣节已经结束了！什么？这个小家伙在这儿干吗？嗯？"

特维斯猛地站了起来，赶紧抓起他的包，用脚踹了小本一下把他叫醒。

“对、对不起，先生。”特维斯说道。

我赶紧把诺亚晃醒。

“我、我们出来讨、讨、糖、糖果，结果迷路了，回不了家、家，我们来探、探望……”

“我们的……呃……爷爷奶奶。”小本戴着黑武士面具说道。

我把诺亚拉起来站好，也点了点头。但诺亚一醒过来，就开始哭。他太累了，根本没办法理清昨晚发生的事情，而且他想妈妈了。

“别担心，诺亚，我们现在就去奶奶家！”我说着，牵着他的手，拿起我的背包，准备站起来。我的脚踝比昨晚还要肿、还要痛。长痛不如短痛，于是快步走下楼梯。

那个老人皱着眉头看我们。我们推着自行车，快步走到马路上去。我不知道我们走的路是不是正确的，但这不重要。只要那个老人看不到我们就可以了。我回头看他，发现他还在望着我们。他摇摇头，又挠挠头。我向他挥手，想挤出一个笑容。他盯着我看了一会儿，脸上皱出了许多弯弯曲曲的线，然后终于转过身去刷我们刚才用来睡觉的那几块地板砖。

诺亚开始哭，而且一直抱着我的腿，让我走得更艰难了。

“诺亚，嘘！记住哦，我们现在要去帮妈妈的星星起正确的名字了——记住！我们正在进行一场冒险呢！”

“来，”特维斯说着，把诺亚抱了起来，放到他自行车的车座上，“诺亚，抓住把手！”他指挥着诺亚。

诺亚马上就不哭了，双手紧紧抓着车把手，看起来很兴奋的样子。

“诺亚，要吃一点儿吗？”小本从帽兜里拿出一包薯片。诺亚抹了一把眼泪，高兴地抓了满手的薯片。诺亚把薯片塞进嘴里，哼起歌来，这说明他现在心情很不错。

“你在哪儿找到的？”特维斯皱着眉头问道。

“不知道啊，”小本耸了耸肩，说，“我在运动包里找到的。我已经把零食包里的所有东西都吃完了。有人想要分享一下他们的……”

“停！阿妮雅！你的脚、脚枕（怎）么了？”特维斯让我们所有人都停了下来。

“没事！”我说着，一边尝试把左脚掌整个放到地面上。但是这个动作实在太痛了，我只好又马上踮起脚尖站着。

“哇哦！”小本弯下腰来看了一眼，“阿妮雅！你的脚像长了个李子！”

我低下头，把腿扭过来仔细看。小本说得对。一觉醒来，我的脚踝外侧已经肿得像一个装满水的水球，颜色也变成可怕的紫蓝色。看起来确实像一个李子。

“你受伤了，”特维斯皱着眉头说，“我们要去、去医、医院！”

“不！”我大吼一声。我本来没想那么大声说话的。“拜托了！我没事！我只是需要……”我并不知道做什么才能让疼痛消失。于是我说：“我只要像这样走路就可以了！”我推着自行车走过他身边，踮起受伤的那只脚的脚尖，另一条腿则正常走路。

“看到了吧？没那么痛了！它只是看起来很严重而已，没事的！”

“你确定？”小本看起来不是很相信我的话。

“我发誓，”我说道，希望自己的笑容看起来没那么假，“来

吧——拜托！快走吧！”

小本和特维斯点点头，跟着我沿着马路往前走。我一瘸一拐地走了几分钟，路过好几家还没开门营业的商场和咖啡厅，然后停下来。我们来到一条分岔路口，这里有四个方向。我们面前是一间小教堂，教堂外有一个时钟，时钟显示现在已经是8点15分了。也就是说，我们只有最后十一个小时能赶去伦敦、找到星星猎手然后结束这场比赛了。

“特维斯，我们走的路对吗？”

“哦！”特维斯赶紧掏出口袋里的卫星导航，站在原地看了一会儿，然后举起手，“对！我们走的路是对的！”我们头上有一根长长的黑色柱子，上面挂着很多白色箭头指示牌，指向不同的方向。指向道路正前方的牌子上写着：巴士站500码。

我们推着自行车，沿着马路往下走，经过了更多的商店和餐厅，马路上开始响起人们交谈的声音，还有汽车引擎发动的声音。原本空荡荡的街道逐渐热闹起来，而且，越靠近巴士站，我们看到的人就越多。

“为什么大家都盯着我们看？”小本悄悄地说。这时候，我们来到了一个大广场，这里有很多人正在准备摆摊。

我向四周看了看。小本说得对——不管我们走去哪儿，大人们都皱着眉头，眯起眼睛认真地盯着我们看。

我耸了耸肩。然后，我看到一个抱着一大摞书的阿姨，她走着走着就停下来盯着小本和特维斯看。

当然了！

“我们的衣服！”我才意识到，现在已经不是万圣节了，人们看到一头老虎、一副骨架、一个黑武士，还有一只头顶滤锅的小幽灵在街上走来走去，当然会觉得奇怪！

“哦，对啊！”小本说着，马上把他的黑武士面具摘下来，塞进背包里。

我和特维斯忧愁地看了一眼对方，我们没有其他衣服可以换。

我伸手想把诺亚的滤锅和幽灵罩子拿掉，但是他很不愿意地大吼：“不要！”

“嘿，那边有厕所，”小本说着，指向一块金属指示牌，“我要去上厕所了！我们一起去那边整理一下吧。”我点点头。小本和特维斯把自行车靠在商场的外墙上，着急地跑进厕所里了。

“我也想去！”诺亚嘟囔着，推开了我抓住他手臂的手。

“诺亚，别去！你不能去！那是大男孩的厕所！”

“我不管！我要去！”诺亚挣开我的手，也冲到男生厕所里去了。自从妈妈离开后，这是他第一次离开我去做什么事。我很担心，但也很高兴，因为现在有两个大哥哥能照顾他了。

我假装不经意地瞄了厕所门一眼又一眼，好几分钟后，特维斯和小本终于出来了，诺亚蹦跶着跟在他们身后。诺亚头上还戴着他的“太空头盔”，但他已经没有穿着幽灵罩子了，而且脸上到处是吃巧克力留下的残渣。

“谢谢。”我对小本和特维斯说道。

特维斯把诺亚的幽灵罩子递给我，让我放进包里收好。

“我、我也要去上厕所。”我说。

特维斯点点头，帮我扶住自行车。

我去厕所里洗了一下脸和手。我一抬头，看到镜子里的自己吓了一跳，因为我完全忘记自己的脸上和手上还有伤口呢！经过一个晚上，伤口都干了，现在的我看起来像一只大战后的小老虎。

我清洗了一下伤口，又用冷水擦了擦脚踝，我感觉脚踝像是被火烧了一样滚烫。脚踝上的水泡颜色更深了，但我不希望特维斯和小本因为这样就退缩，所以我把老虎服装的裤子往下拉了一点儿遮住脚踝。

我现在感觉更清醒了，于是走出去找特维斯和小本，和他们一起推着自行车走向巴士站。

“哇哦！”我看着眼前闪亮的红色、橙色、绿色和紫色巴士有秩序地排成一条长长的队，忍不住感叹了一声，它们就像机场里的飞机。

“我们要捉（坐）红、红设（色）的巴士。”特维斯指着一辆大型双层牛津火车站巴士说道。那辆车的前窗顶部有一行闪着橙色荧光的字，写着“伦敦维多利亚车站”，我的心仿佛也闪起了亮光。

“我们怎么上车？”小本忧心忡忡地看看周围，“你觉得我们真的够钱买票吗？”

特维斯点点头。“我有 23 英镑。如果每个人要八英镑的话，那我们就要……”特维斯又伸出他的手，一根一根手指扒拉着，像打开一把扇子。但是还没等他说话呢，我就大喊一声：“三十二英镑！”我现在当然还没有达到人类计算器的水平——昨晚一看到巴士上贴着的价格表，我就开始计算了。不过特维斯露出了敬佩的表情。

“是的，三十二英镑。你有多少钱？”他看着小本问道。

“七镑二十三分。”

“什么？”特维斯惊讶极了，“伊阿姨周三不是给了你十英镑吗？我以为你还有呢！”

“我拿去买了贴纸和薯条热狗，”小本皱着眉头说，“我又不知道这次会用到钱！伊阿姨还拿着我的银行卡呢！”

特维斯摇了摇头。这时，一对老夫妇牵着手走过我们身边。老爷爷和老奶奶看起来像两只幸福的企鹅，一边走一边朝我们微笑。一开始他们笑得很开心，但当他们看到我的脸，还有我那条沾了泥巴的老虎尾巴时，脸上的笑容就变成了担忧的皱眉。

“走吧。”特维斯说。他发现那对盯着我们看、还窃窃私语的老夫妇了。“快一点儿！”

我们朝那排巴士车的末端走去，发现在我们要坐的那辆车后面有一根大大的柱子。我们把自行车靠在柱子上，茫然地观察着眼前的世界。我和诺亚以前从来没见过巴士站——我们参加学校组织的旅行时有坐过巴士，但是去其他地方的话，都是爸爸妈妈开车送我们去的。我们现在心情非常激动，简直就像在机场一样，不过这里没有机舱大门，也没有传送带，而且所有人都在外面站着。不过巴士司机看起来倒是有点儿像飞机的机长，因为他们都穿着白色衬衫和夹克。司机身上的夹克颜色和公交颜色是一样的，不过司机先生经常大吼大叫，而且还帮乘客搬行李，这是机长绝对不会做的。

“如果没有足够的钱买票，那我们怎么能上车呢？”我问道。我真希望小本能知道答案，毕竟他已经逃跑过很多次了。但他只是耸耸肩。

“我从来没有坐巴士逃跑过，”小本说，“我搭过一次火车，但是……”

特维斯笑了起来：“但是他太害怕了，坐了两站就下车了！”

“对啊，那确实很可怕嘛！”小本看着我说道，好像希望我能相信他，“我当时只有八岁！而且是自己一个人！”

我点点头，我知道如果换成我，肯定也会害怕的。永远逃跑比只逃跑一个晚上要可怕得多。

我又专心地去看巴士司机，脑子里还在思考着怎么办。渐渐地，我注意到了一个规律。我们面前的司机是按照这个规律做的，绿色巴士的司机也是按照这个规律做的，右边紫色巴士的司机还是这样做的……

他们的动作都是有规律的！

突然，我想到了一个不用钱就能上巴士的办法！

我狠狠地戳了特维斯和小本的手臂一下，看看他们有没有和我一样发现这个规律，但他们只是不满地说了一声“喂”，然后转过来皱着眉头看我。

“看！”我扯了扯特维斯的外套袖子，“看那些司机在做什么！”

“哪个司机？”特维斯和小本异口同声地问道。诺亚也凑了过来，把太空头盔掀起来认真看司机们。

“那个，”我指着我们要坐的那辆巴士的司机，“看到了吗？他检查车票的时候，会让带了大件行李的乘客在旁边等着，让没有行李的乘客先上车！”

“是啊，所以呢？”小本问道。

“你看着。”

那个司机检查完所有人的车票了，又走到巴士的侧面去，那里还有带着超大行李的乘客在排队等着。司机再次一个一个地检查车票，然后帮他们把行李放到指定的位置。

“看到了吧？”我简直太激动了，双腿都开始发抖了。还好诺亚正抱着我的一条腿。

“没看到！”小本说。

我翻了个白眼：“看！”我伸手指向巴士，“看车门！开着呢！”我已经不想再等他们猜答案了，“司机去检查车票和行李的时候没有关车门，也就是说……”

“我们可以、我们可以从前门上车！”特维斯把我的话接下去了。

我点点头。诺亚拉住我的袖子，揉了揉眼睛。他又累了。

“很快了，诺亚，我保证。”我紧紧抱住他。诺亚点点头，然后双肩突然耸了一下，他被吓到了。我们面前那辆巴士的司机用力地把汽车下部的行李层的门“砰”的一声关上了，然后走到巴士前门处，让刚才在旁边等待的乘客上车。很快，巴士开始抖动起来，引擎发出一声低吼，一团黑烟从车屁股喷到我们脸上——巴士出发了。

“好响的一个屁呀！”诺亚惊呆了。

“是啊，我们待会儿还能听一个更响的屁，不过你得答应我不能哭，而且要认真听我说话，好吗？”我话音刚落，诺亚就点起头来，他点头的速度快极了，看起来就像小本房间里摇头的模型。

“看！下一辆巴士来了！”小本正说着，又一辆亮红色的牛津火车站巴士“哔、哔、哔”地按着喇叭，亮着红色尾灯开过来了，正好停在刚才开走的那辆车的位置。

“等一下……”特维斯说着，皱着眉头往后看，“我们的自行车怎么办？”

“哈？”小本看起来很慌张。他看着特维斯的眼睛，好像已经知道了答案。他生气地低吼道："啊！天啊！我们不能把它们扔在这儿啊！肯定会有人偷的——也可能会被警察带走！"

我们低头看着自己的自行车，好像它们是我们舍不得扔下的宠物一样。

"我们必须这么做。"特维斯淡淡地说。

过了几秒钟，小本摇了摇头，伤心地拍了拍他的自行车脚踏板。"太糟糕了，纽奇。"他抬起头来看着我和特维斯，又说，"如果我们能回家，我一定会主动去警察局自首然后坐牢，因为伊阿姨一定会杀了我们。"

特维斯也轻轻地拍了拍他的自行车，然后把小本的自行车和他的轻轻靠在一起，最后把伊乌楚库阿姨的自行车也放倒了。这种感觉糟糕透了，但无论我怎么想，都想不出别的办法。我们不能带着自行车上巴士，也不能在伦敦骑自行车，因为我的脚踝受伤了。我暗自发誓，等我们回来，我一定会把自己的钱都存起来，给特维斯和小本买全宇宙最好的自行车，还要买一辆带有超大篮子的自行车给伊乌楚库阿姨。

"诺亚，你一定要跟着我，而且走路要快一点儿，这样我们才能去找妈妈，知道吗？"我小声地叮嘱着诺亚。我们四个人站在柱子旁准备着，只要司机一转过身，我们就冲上巴士。有一队新的乘客在我们前面排队准备上车了。我紧紧抓着诺亚的手。

"好的！"诺亚爽快地答应了。然后他挺起胸膛，露出"我准备好了"的表情；每次做这个表情，他都会把五官用力地皱成一团，像一颗被压扁的柠檬。诺亚把"太空头盔"戴好，静静地等待着。

我们眼前仿佛有几百万个人在排队，他们争先恐后地挤进巴士那扇小门里面，有的人上了车又下来了，像一条没人要的鱼，在一堆行李箱旁边干巴巴地站着。

“准备好了吗？”特维斯挺直了腰板，站得更加笔直，好像又长高了不少。

小本咽了一口口水，点头。

最后，司机从巴士上下来了，走到侧门边上。她按了一个按钮，“嘶”的一声，行李层的侧门向上打开了，旁边带着行李的乘客一下子把她团团围住，她开始把那些行李箱一个个地放进行李层。

我等着特维斯和小本发出指令：“行动！”但是他们一动不动。然后，我还没来得及问怎么回事呢，司机就已经把行李层的门关上，回到驾驶座上了。

“下一次！”本信誓旦旦地说。就这样，我们眼睁睁地看着巴士开走了，第二辆巴士开了过来，停在那个位置，我们依然按兵不动。第三辆巴士来了又走，我们还是没有行动，因为巴士上的司机好像一次比一次强壮，一次比一次吓人，并且我们的腿并没有像预想中那样跑得快。

“这次一定走！”小本看着第四辆车开过来，又信誓旦旦地说。我们看着司机把所有人的车票收走，然后开始帮乘客拿行李。

“就现在！”我低声喊了一句，因为我能看出来特维斯和小本还在等，我知道他们肯定会无休止地等下去！我一个箭步离开了柱子，用最快的速度半跑半跳地冲向巴士没有人的那一侧，又绕到了巴士车头。我在亮黄色的车牌旁慢了下来，让诺亚也停下。我探出头去偷瞄一眼，发现司机还在忙着放行李，完全没有看见我们！

“快！”我小声说着，后背紧紧地贴着巴士车头，小心地转了个弯，最后再把诺亚拉进车门里。我们进来了！

那一瞬间，坐在驾驶座旁边的两个人盯着我和诺亚看了一会儿，但很快又看向其他地方了。我赶紧走过他们身边，走到楼梯口，抓住我的小老虎尾巴，一阶一阶地跳上楼梯，到了最顶层。我很想回头看看小本和特维斯有没有跟上来，但是我太害怕了，根本不敢放慢脚步。

我看到后面有三排座位是空着的，于是快步走了过去。我把诺亚抱到一个靠窗的座位坐下，帮他系上安全带，然后告诉他，我们现在又要玩捉迷藏了，就像妈妈以前带我们玩的那样。"所以你要低下头，知道吗？"我问诺亚，"像这样！"我在座位上坐下，给他示范了应该怎么样低头——像坐着睡觉一样就行。

我回头去等着小本和特维斯上来，打算招呼他们过来一块儿坐。但在我之后走上来的第一个人是个阿姨，然后又来了三个叔叔，然后是一个小姑娘和她的奶奶，然后……没有了。

突然，我听到了"砰"的一声——巴士的行李层侧门关上了！

我又回过头去盯着楼梯，双手双脚都合十，拼命祈祷着。我还是没有看到小本和特维斯！

接下来，像一头沉睡的怪兽被唤醒了一样，我们的座位开始抖动，巴士出发了。

巴士在往后倒车，我感觉自己的胃像被一阵龙卷风搅过一样。小本和特维斯有没有跑过来？难道他们还在柱子那里等着？万一他们在准备上车的时候被巴士站的警察抓住了怎么办？

我们身边响起了一声又一声"咔嗒""咔嗒"的声音，广播里一个姐姐在说话："女士们、先生们，欢迎乘坐920路从牛津汽车站发出的巴士，我们的终点站是伦敦维多利亚车站。请确保您的行李已经安全地放在了指定地点，若在车上发现任何不寻常的可疑物品或人物，请马上通知司机。”

诺亚抬起头来看着我，他的太空头盔就和这巴士一样闪亮。我知道他很害怕，他也想知道小本和特维斯在哪里，但我只是伸出一根手指放在自己的嘴巴上，告诉他要安静，因为我们两个现在都是不寻常的可疑人物了。

巴士转了一个大大的弯之后，就往前飞驰了，我忍不住一只手抓住屁股下的坐垫，另一只手紧紧握住诺亚的手。我们终于要去伦敦了……但少了特维斯和小本的陪伴。虽然我还有诺亚在我身边，但此刻我心里那害怕和孤单的感觉，比以往任何时候都要强烈。

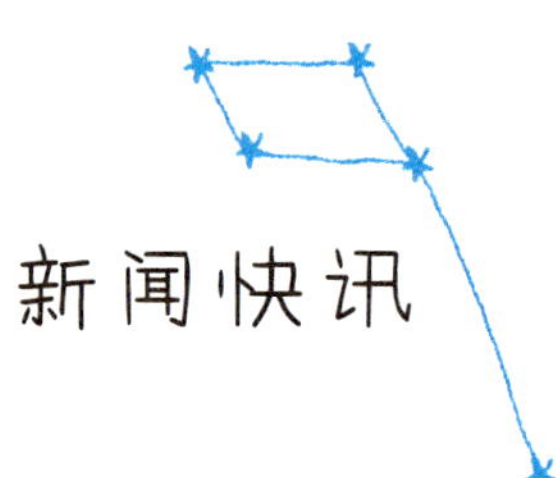

新闻快讯

巴士刚驶离车站，我就开始仔细观察四周，思考着该怎么做。我很想跑到后面的车窗去看看能不能找到特维斯和小本，但那里现在站着两个人，我不能再做出任何可疑或不寻常的行为了。一个“老虎姑娘”和一个头上戴着滤锅的小男孩坐在一起已经够奇怪的了。最后上车的那个老奶奶和小姑娘就坐在我和诺亚前面，她们在坐下来之前用很奇怪的眼神一直看着我们，我知道的。也许她们已经发现我和诺亚没有买票，是两个违法的罪犯了。

巴士开得越来越快、越来越快、越来越快，窗外的道路变得更宽阔了，我还在思考着自己应该怎么办。但我越用力想，脑袋越是空白一片，好像有人把我大脑的电切断了，它已经无法思考了。

“妮雅，我饿了，”诺亚嘟囔着，拉了拉我的手臂，“小本在哪里？他能不能再给我们一点儿薯片？”

“小本和我们在伦敦会合。”我不知道该说什么，只好撒谎了。

“但我现在就饿了！”诺亚很不满地抱怨了起来，小脸开始变红。

“嘘！”

“不要！”诺亚开始大喊大叫，嘴唇都颤抖了，“小本——呃——在哪里！——呃——我——呃——要小本！”

“来。”从我们前面的座位传来一个声音。突然，一只手臂从前面两个座位中间的缝隙伸过来，那只手上拿着一个闪闪发亮的蓝色袋子。“你想吃的话就给你！”

诺亚马上就安静了，一边打着嗝，一边盯着面前那袋巧克力口味的椒盐脆饼干。然后，他点点头，把袋子一把抢了过来，等着我允许他吃。

“谢谢你。”我靠近前面那条缝隙，向她道了声谢。我看到在缝隙的另一边，有一只闪亮的绿灰色眼睛在看着我。

“不客气。”那只眼睛说完就消失了，紧接着一团亮黄色的头发从我前面的座位顶上露出来。

“你真棒。”从她旁边传来一声耳语，和妈妈以前夸奖我的时候说的一模一样。每次我做了什么让妈妈高兴的事情，她就会对我说这句话。听到这句话，我差点儿从座位弹起来，我很想看看说这句话的人长什么样，但我没有这么做。因为我知道她不可能是妈妈。

我让诺亚吃了椒盐饼干，然后自己继续努力地思考。我的肚子发出了“咕噜噜”的叫声，因为它闻到了巧克力的味道，但我知道在弄清楚小本和特维斯到底发生了什么事情以前，我肯定什么也吃不下。我应该回头看看他们有没有跟上的！我不应该自己冲上车完全不管他们！我们现在走散了，这都是我的错。我不知道该怎么弥补这个错误，也不知道等我和诺亚到了伦敦之后应该怎么办。我没有地图、没有卫星导航、没有食物，也没有钱。但所有这些都没有我弄丢了小本和特维斯那么严重。他们为我做的事情，是绝对没有人能够再为我做的——哪怕他们知道这会给他们自己带来大麻烦。我不能自己去找皇家星星猎手，我不能丢下他们。我闭上眼，向妈妈的星星许愿：拜托，拜托，拜托一定要让我找到他们。

“下一站是‘桑希尔公园’，请前往‘桑希尔公园’的乘客在本站下车。”一个阿姨大声地喊着。巴士向左转弯，停在了一个巨大的停车场中间。

我心想是不是应该在这一站下车等小本和特维斯，也许他们会坐下一趟巴士过来，会希望我们在这里等他们。但是，如果他们没有上车呢？我们要在这里等多久？如果我和诺亚没办法坐上下一趟巴士怎么办？我并不觉得我的小把戏能够在巴士站以外的地方成功。

我还在纠结着，巴士又动起来了，诺亚把鼻子紧紧地贴在车窗上，大喊：“太棒啦！”

巴士沿着一条宽阔的机动车道一路前进，诺亚渐渐安静下来，最后终于睡着了。我感到很庆幸，因为我可以专心思考而不用再担心他了。我把他的“太空头盔”取下来，从背包里拿出《纪念品指南》，看着最后那两页地图。如果我能和他们在某个地方相遇……

对了！就在那里！他们知道我一定会在7点前赶去参加那场盛大的派对，我一定会让星星猎手念出妈妈的星星的真正的名字！所以我知道他们一定也会想办法赶到那里去的。他们可能会比我们更早到呢，因为他们有迪纳摩导航，我可没有！

我心里觉得好受多了，把《纪念品指南》放到一边，看着马路和一辆辆飞驰而过的汽车。但是没过多久，我们的巴士开始减速了，最后完全停了下来。

“得了，”我身后传来一个声音，“又堵车了！不知道这一次要堵多久。”

巴士好像很久都没有移动过了。

我紧紧闭上双眼，祈祷着“堵车快快滚开”，这样我们才能快点儿抵达伦敦。我还是不知道到站之后应该怎么去皇家天文台……也不知道星星猎手到底在哪里……我有好多的话想告诉他们……还有……还有……

“妮雅……妮雅！醒醒！醒醒！”

我睁开双眼，快速地用手揉一揉眼睛。诺亚在摇晃我的手臂，巴士里的所有人都站了起来，像一窝蜜蜂一样聚集在顶层的楼梯口。窗户外面有一块大大的蓝色招牌，写着：维多利亚巴士站。

“哦！谢谢你，诺亚！”我马上解开他的安全带，再解开自己的。

“你睡着了！”诺亚说完，摇了摇头，好像我做了什么调皮的事被他逮个正着似的。

我点点头，回想着自己刚才睡了多久，也不知道现在几点了。我把诺亚的“太空头盔”塞到背包里，牵起他的手，在大家身后排队准备走下楼梯。我脚踝上的伤越来越痛。但那已经不再重要了。我们已经在伦敦了，星星猎手离我们不远了。小本和特维斯也一定会找到我们——我知道他们会的！

“来吧，诺亚，快！”我抓住他的手，走下最后一层台阶。司机没有坐在她的座位上。巴士的第一层一个人也没有。整个车厢空荡荡的。

“我们现在必须走了！”

“扑哧！阿妮雅！”

我向四周张望，看看是谁在喊我的名字。声音好像是从后面传出的。但所有座位上都没有人。难道是我的幻觉？

突然，两个小小的脑袋从一排座位中间冒了出来。

其中一个脑袋朝我咧着嘴笑，另一个脑袋上戴着帽子，看起来像一个奇怪的黑色三角形。

“呼！我们还以为你走了呢！”小本说着，把帽兜摘下来，也朝我笑。

“是啊！”特维斯说着，跨过小本，率先跑了出来。

太惊喜、太高兴了！我一下子不知道应该做什么。我穿过窄窄的过道，顾不上脚踝的伤有多痛，一下子跳到特维斯和小本身上，给他们一人一个大大的熊抱，这是我给过的最热烈的拥抱！

“痛！”小本大喊一声。

“呃……呃……”特维斯又结巴了。

“太好啦！”诺亚欢呼起来，“薯片！”

“你们怎么……我以为！在哪里……？”我想问好多好多问题，但实在是太多了，我一时都不知道应该怎么开口。

“我们、晚点告、告数（诉）你！”特维斯说。

我往后退了一步，放开了他。他的脸已经泛起了浓浓的红色，几乎和巴士座位一样红。

“我们赶紧帚（走）吧，不、不然巴士师（司）、师（司）

机就要回来了！”

“是啊，”小本说，他笑得好开心，我都能看到他全部牙齿了，“我的腿都麻了，堵车真是讨人厌。”

“好啦！”我点点头，快步穿过走道。听着身后传来小本、特维斯和诺亚的脚步声，有一瞬间，我不禁紧紧闭上双眼，在心里向妈妈表达了我最、最、最真诚的感谢。我知道她的星星肯定听到了我许下的愿望，然后帮我实现了心愿。我知道一定是她，只有她才能让我这样幸福得冒泡——我的身体里像是倒满了世界上最多泡泡的饮料！

我最先从巴士上跳下来，然后努力地无视脚踝上的疼痛，转过身去想把诺亚也抱下来。

“嘿！”我身后有人大呼一声，“你们这些小孩是从哪儿来的？”

我回过头去，看见巴士司机正惊讶地张开嘴巴看着我，她正准备把行李层的门关上，手还停在半空中。

“快！”特维斯大喊一声，跳下了巴士，往前推了我一把。

“嘿！”巴士司机大喊一声，然后开始追赶我们。

“我的个乖乖！跑！”小本尖叫着跳到我们面前，冲向巴士站。

“站住！”巴士司机大声地朝我们吼，“抓住他们！”

霎时间，附近的人都朝我们看过来，我们用最快的速度逃离司机。但我没办法好好跑步，速度渐渐慢下来了——我脚踝上的伤痛得太厉害了——我听见巴士司机的脚步声越来越近了！

“阿妮雅！跳上来！”特维斯喊了我一声，然后半蹲着把我背了起来。

“好主意！”小本说完，也学着特维斯那样，把诺亚背了起来，而且跑得比他们之前还要快，迅速冲出了站台的玻璃门，跑入人群中。

巴士司机“咚、咚、咚”的脚步声渐渐远去，但我一回头，却发现她停下来掏出了一台对讲机，正对着它说话呢。

“快一点儿！”我对特维斯大吼一声，“她报警了！”

“这边！”小本也大声地吼了一句，我们周围的大人都“啧啧”地嫌弃我们，而且小声地对我们说“喂”。

我们穿过巨大的车站，跑过几百个人身边，来到两条自动扶梯前。扶梯上挂着一个牌子：前往 17-21 号站台 & 购物广场。我们踏上扶梯，升得越来越高，等到终于能看清车站的全貌时，赶紧四处看看有没有巴士司机和警察的身影。但哪儿都找不到他们。

“呼！”小本松了一口气，用帽兜擦了一把脸上的汗，“好险！”

“是啊！”我说，“谢谢你背我，特维斯！”

但特维斯没有看着我，也没有看着小本或诺亚。他背对着站台，盯着手扶梯上方，嘴巴长得大大的，牙套都露出来了。

他伸出一根手指，指着上方，说：“糟了……”

手扶梯走到头了，我和小本往前跳了一步，同时回过头去看。

“我的天啊！”小本喃喃自语。诺亚从他的背上滑下来。

在我们头顶上，有一条长长的通道，通道上开着各种各样的商店、汉堡餐厅和甜品站，在这条通道的底部悬挂着我见过的最大的电视屏幕。屏幕上展示着四个小孩的照片，他们看起来和我、诺亚、特维斯和小本一模一样，不过没有我们的头发那么乱，脸上也没有巧克力渍或大片的伤痕。屏幕里我们的脸上，有几个特大号的超级亮红色字：

新闻快讯

寻找失踪儿童

这几名失踪儿童也许正在寻找一位谋杀案的犯罪嫌疑人。

诺亚高兴地上蹿下跳，指着屏幕里他自己的脸高呼："妮雅！我们出名啦！"

但我没有回应他，我想知道这条新闻是什么意思。"为什么它说我们逃跑可能是在找谋杀案的犯罪嫌疑人？"我皱着眉头，十分不解地问道。

特维斯和小本对视了一眼。虽然只是一眼，但我知道他们肯定用眼神在交流。我不知道他们在用眼神说些什么，但我看得出他们两个的脸都红了。小本和特维斯对视过后，转过来看着我，莫名其妙地笑起来，说："谁知道呢！那些记者都疯了！走吧！我们快行动起来！"

我最后看了屏幕一眼，跟上了特维斯、小本和诺亚的脚步。就在我们匆忙穿过无数排商店时，我发现特维斯和小本还在悄悄看对方。我忍不住好奇那个谋杀案嫌疑人到底是谁？为什么新闻记者会说我们可能在找他呢？但我最好奇的是：为什么小本和特维斯的行为突然变得那么可疑和不寻常？

伦敦的地上与地下

“妮雅！我又饿了。”诺亚走在我们旁边，努力想从头盔的小洞中看清外面的世界。小本重新戴上他的黑武士面具，而我和特维斯则戴上了帽兜，尽可能地把帽子拉低，遮住我们的脸。在我们前进的时候，附近的路人仍会盯着我们看，但大部分只是一笑而过，以为我们还在过万圣节。在商场走廊的尽头，有两扇玻璃门在等着我们。玻璃门外是繁忙的街道，人们脚步匆匆，小汽车和大货车来来往往，街上还闪耀着灿烂的阳光。虽然现在我感觉自己的脚踝随时都要断了，但我还是忍不住想赶快出去。我开始感到头晕和反胃，但我知道只要呼吸到新鲜空气，我就会好起来的。妈妈说新鲜空气具有神力，每次我和诺亚生病的时候，妈妈都会把家里的窗户打开，这样我们就能吸收有神力的空气了。

“妮雅——”诺亚开始发牢骚了。

我们在玻璃门边停了下来。

“嘘——诺亚。”我刚开口，就看到特维斯迅速拿出迪纳摩导航试着打开。但无论他多用力地按开机键，屏幕都没有亮。

特维斯拿着导航在腿上拍一拍，再试一次。

“糟了！没电、电了！”特维斯看着手中的导航，好像遭到了背叛似的。

“别担心。”我说着，从包里拿出了皇家天文台的《纪念品指南》，翻到最后两页有地图的地方，递给特维斯、小本和诺亚看。“我们只要问别人怎么走到这里，或这里就可以了。”我先指了指那艘大大的海盗船，然后指着星星猎手的总部说道。

“这里有吃的吗？”诺亚也指着那艘船问道。

这时候，另一个人的肚子发出了“咕——”的一声闷响。

小本脸都红了，小声地说：“不好意思。”

“在这儿等着！”特维斯说完，回头跑向商场里。几分钟后，我和小本都开始担心起来，特维斯才回来，他手里拿着一个白色的大袋子，里面有四个羊角面包。

“啊，天啊！你太好了！”小本大喊一声，冲向羊角面包，马上拿起一个，塞了一大半进嘴巴里。“唔！嗯……奥——次！”

诺亚开心地尖叫起来。现在我们离皇家星星猎手更近了，我也感觉饿了，有胃口吃东西了。

“嘿，看！”小本胡乱抹了一把嘴巴，指着不远处的一个男人。那个男人正和游客们一起从一家礼品店里走出来，他穿了一套深绿色的西装，还戴着一个深绿色的帽子，看起来像列车长，他胸前挂着一块牌子，上面写着“咨询中心工作人员”。

“我们问他怎么去格林尼治吧！”

小本戴好他的黑武士面具，走向那个男人，他身上飘扬的黑色斗篷简直像一张黑色的船帆。但小本还没来得及靠近他呢，一大群穿着亮红色T恤、戴着黄色棒球帽的学生就插了小本的队，他们拿着一堆传单把那个男人团团围住了。一个高个子、举着黄色伞的女人在大声地问那个男人一些问题，她的嘴就像一支机关枪“哒、哒、哒”地说个不停。小本努力地想往前挤，但都失败了，但他的黑武士面具点了点头。学生们还像“人类太阳系”一样把那个男人围在中间，而撑着伞的女士正努力地想把学生控制住，小本先跑回来了。

“快！”他把面具拎了起来，这样我们才能听得更清楚，“那群学生要去地图上的那艘海盗船那里！他们问那个男人怎么去格林尼治！我们跟着他们走！”

“这、这也太幸运了！阿妮雅！”特维斯朝我竖起了大拇指。

我开心地朝他笑了一下，因为我知道妈妈又在帮助我了。我能感应到的。这种感觉就像是我体内涌起了一片巨人的波澜，推着我继续向前走。

“谢谢你，妈妈。”我在心底大声地对妈妈说，我知道她一定能听到。

在我们身后，那个撑着黄色伞的高个子女士正在撑着打开的玻璃门。“孩子们！你们必须——呃——跟着——呃——我！”她一边吆喝着，一边在学生鱼贯而出的时候点着头清点人数。“你们千万不要在街上迷路了！ Veloce! Veloce, per favore！”

“那是哪国语言？”小本问道。

我们四人等在这群学生身后，准备和他们一起出去，再跟着他们走。

“我也不知道，”我说，“西班牙语？”

“绝对不是法、法语，”特维斯说，“可能是意大利语？”

“我喜欢西班牙语！”诺亚拉着我的手，摇头晃脑，头盔也跟着晃动起来。

要一路跟着这群学生，又要装出自己没有在跟着他们，这件事做起来比想象中难多了。带着黄伞的老师和另外两位比她矮一点儿的老师总是时不时地停下来确认学生人数，有时候会停下来批评几个学生。每次他们停下脚步，我们也要停下来，假装在看天空中的什么东西，等他们再次出发。

我们跟着学生团来到两条大马路中间的巴士站台，看到他们急匆匆地跑向一辆长长的双节巴士，那巴士看起来像一条红色毛毛虫。学生们都上车了。

“快呀！”我拉着诺亚的手臂走，这样他能走得快一点儿。我们走到这辆敞开着门的巴士车边上，我一下就发现了司机不在驾驶座上，也就是说司机们可能去其他地方休息了。妈妈的星星又帮了我一把！

我招手让特维斯和小本过来，把诺亚抱上车，带着他走到巴士后座去了。我看到带黄伞的老师手里拿着一大摞交通卡，在帮学生们刷卡买票呢，心里暗暗希望没有人过来找我们要交通卡。

“他来了！”特维斯悄悄地说。一位又壮又圆的巴士司机终于走到了驾驶座位上。我们已经做好了他找我们要车票的准备，但他并没有看到我们。他只是坐在座位上，“嘶”的一声把公交车的门关上，然后大喊：“出发啦！”然后启动了巴士。

“我爱伦敦！”小本压低了声音欢呼着，还拍了拍我的肩膀。这让我再次爱上伦敦了。

但是我们对伦敦的爱并没有持续太长时间，因为巴士刚开过两个站，就停下来了，而且不再前进了。

“怎么了？”小本把脸贴到车窗上往外瞧。

“堵、堵车。”特维斯摇了摇头，还耸了一下肩膀，“就像坐那趟巴士那样。”

巴士外面不知哪里传来了鸣笛的声音，突然间，我们听到了一阵嘹亮的汽笛声。

小本和特维斯坐得直直的，看着我，我也看着他们。会是警察吗？他们发现我们了吗？是他们在前面检查汽车想抓住我们，所以才会堵车的吗？

我们紧张地等待着，汽笛声越来越响、越来越响，最后我们看到一辆救护车从公交车旁边呼啸而过。

“呼！”小本松了一口气，我们都放松下来了，“不是来抓我们的！”

“女士们、先生们，由于前面发生了交通事故，我们的巴士站点将临时变更，”公交司机的声音从扩音器里传了出来，“如果您不去格林尼治隧道，请您在此本站下车。”

巴士的门“嘶”的一声打开了，但是那位老师和学生们都在座位上一动不动，所以我们也没有下车。

“快呀！”我着急地催促着，希望堵车能快快消失，让我们继续前进。我开始有点儿担心了。我完全不知道现在是几点，也不知道我们距离皇家星星猎手还有多远。我回过头去看巴士上的黑色小屏幕，那里一般会显示时间和站点，但这辆车上的屏幕坏了，什么字都没有。

又有两辆救护车和一辆警车从我们身边飞驰而过。在这之后，巴士终于往前挪动了。

"我的老天爷啊！"小本感慨道，"也该动起来了！"

我们的巴士一进一出、一上一下地在几百条街道间来回穿梭着。现在，诺亚已经沉沉睡去了，小本自言自语的声音也越来越小、越来越小，最后他也点起头来，睡着了。带黄色伞的老师也不再需要大吼大叫地让全班学生乖乖听话了，因为他们现在都睡得昏昏沉沉的，就像我们一样。终于，在很久很久之后（我感觉开了有大半天了），公交司机停车了，大喊一声："终点站！请所有人下车！"

"孩子们！ Preparati!Preparati! 拿好你的包，牵好你的同伴！per favore! 速度！"老师一边大声提醒学生，一边拍手让大家都醒醒。她艰难地走到巴士门边，像举起魔杖一样举着伞。巴士刚停稳，所有人都涌向了车门。我把诺亚摇醒，扶着他站起来。这一段漫长的旅途让我们所有人都疲惫不堪，就连我的脚踝都睡着了。当我把脚踝叫醒的时候，它给了我一阵钻心的刺痛，我忍不住要紧下嘴唇。

"看，就在那边。"特维斯说。

我们跟着学生团走，见到钉在柱子上的一个尖尖的黑色标记牌，上面写着：

格林尼治步道 600 码

"天啊！"小本一把摘掉了他的面具，"终于！这是地图上的隧道——那肯定就是入口了！"

我们看到学生团慢慢走向一栋矮矮胖胖的、有着圆形屋顶的红色砖石建筑，最后他们所有人都进去了。

"欢迎来到世界上最著名的河流，快来领取纪念品吧！"门口有一个声音在吆喝。这时，刚才和我们一起乘坐巴士的乘客都陆陆续续走过我们身边。"冰激凌和水，只要1镑50分——你绝对遇不到更便宜的！相当于白送了！"我们走近步道入口，看到一个女人坐在一张矮凳子上，她身后是一台小冰激凌雪柜，雪柜上贴了很多磁贴和钥匙扣。

"妮雅，我能吃一个冰激凌吗？"诺亚说着，摘下了他的头盔，拉着我往那个女人那里走去，"求——你——！"

"我们晚点儿再吃，诺亚！我保证。"我试着把他拉回来。

"不！我现在就要，妮雅……我都求你了！"

那个女人坐在矮凳子上看着我们，当她看到诺亚把我们几个往她那边拽的时候，朝我们露出了微笑。

"你们好啊，小家伙们！"她友善地说，"你们想吃点儿什么？"

"草莓雪糕和巧克力雪糕，要加番茄酱。"诺亚舔了舔嘴唇说道。

"番茄酱？"那个女人皱着眉头问，"啊！你是说草莓酱吧！"她说着，举起一个红色的罐子给诺亚看，诺亚点了点头。

"诺亚，现在不能吃，"我说着就要把他拉走，"我说了晚点儿吃！"

"是啊，诺亚，我们晚点儿给你买、买一个更大的！"特维斯也保证道。

"不！"诺亚大声喊着，脸都涨红了，"我不要大的！我就要这个！"

我更用力地拽着他的手臂，那个女人开始皱起眉头了。她在椅子上坐着，身体前倾，仔细看着我、小本、特维斯和诺亚，好像她知道一些连我们都不知道的关于我们的事情。她从冰激凌雪柜顶上扯下来一张报纸。“等一下，”她说着，眉头紧皱，“你是叫诺亚吗？”

诺亚点了点头。我感觉到小本和特维斯的身体都僵硬了。“我的天……你们是……你们就是他们！那些小孩……报纸上的小孩！”那个女人叫喊起来，声音越来越大。

那几秒钟，我们几个人面面相觑——小本看着我，我看着特维斯，特维斯看着那个女人，而诺亚就看着冰激凌雪柜。电光火石之间，我们都想到一块儿去了。我、特维斯和小本同时大呼一声：“跑！”然后越过那个女人直接冲向步道的入口。我听到小本的鞋子嘎吱嘎吱响、听到小本跑步时发出“咚、咚、咚”的跺地声，还听到特维斯背起诺亚时背包晃荡的声音。

“等一下！”那个女人从椅子上站起来朝我们大喊，“停！别去找他！有——危——险——”

我们沿着回旋楼梯一直向下跑，我的脚踝发出了痛苦的尖叫，但是我强忍着不去理会它。我回头看了一眼，那个女人没有跟着我们，但直觉告诉我，那是因为她在打电话报警。

当我们跑到最后一级台阶时，我停下来了。我又开始头晕了，而且两眼直冒金星，我感觉面前的通道里挂满了巨大的旋转彩灯球。

“快呀，阿妮雅！”小本着急地喊着，折回来抓住我的手臂拉着我往前走。

虽然我的肺、胸口和脚踝都不想再动弹了，但他们还是不情愿地跟上了小本的步伐。最后，我们拼尽了全力，气喘吁吁、双腿发软，终于来到一个狭窄洞穴一般的入口处，这个洞穴里面铺满了闪亮的白色瓷砖，我们要往伦敦的地下去了。

最好的终点站

“她……她跟上来了吗？”小本上气不接下气地说着，一边用袖子擦了一把汗。

特维斯摇了摇头。

“那就好！”小本慢慢停下了脚步，身体倒向一边，又弯下了腰。“我……再也……跑不动了！”

“我……也是！”我说着，把头和背都靠在一面弯曲的墙上，身体慢慢滑到地上坐着了。我们已经用尽全速奔跑，穿过了大半条步道，我现在一步也迈不动了。我的脑袋好像受了重击一样剧疼无比，我的脸像着火一样滚烫。我摘下老虎头套，希望这步道里能有一丝丝新鲜空气让我冷静下来。

特维斯把诺亚从他的背上放下来，开始“呼哧、呼哧”地喘着气，好像喉咙里有什么东西卡住了一样。他向小本伸出手，小本盯着他的手看了两秒钟，幡然醒悟似的大喊：“哦！水！”然后把水壶递给我们。我们把剩下的水“咕咚、咕咚”地喝完了，谁都没有再说话。

诺亚揉了揉眼睛，朝我走来，生气地按了一下我的肚子。他想让我知道他现在很不开心，而且不想跟我说话了。

小本指着步道前面，皱着眉头问：“什么时候是个头？”

我用力眨了眨眼睛，想让眼前漂浮的光点都消失，然后看向小本手指指着的方向。蜿蜒的白色瓷砖墙壁和头顶上黄色的步道灯一直延伸向远方，好像根本看不到希望。

“走吧，”特维斯喘着粗气说着，然后把最后几滴水洒在了脸上，“我们继续走！她可能、可能会跟上来！”

我把自己讨糖果的包整个递给诺亚，以表歉意，也希望他能忘记刚才的冰激凌。我牵起他的手，想带着他再跑起来。但我的脚踝已经无法着地了，一秒都不行。我咬紧嘴唇，想往前跳几步，告诉小本和特维斯我没事，但我连这样都做不到。

“来。”小本说着，抬我的一只胳膊，绕过他的脖子，搭在他的肩膀上。特维斯也抬起了我领一只胳膊。

“我们要、要去医、医院。”特维斯伤心地看着我。

我摇摇头，准备往前蹦。“除非我把妈妈的星星的名字弄对。”我说着，更用力地箍住小本和特维斯的脖子。他们点了点头。我知道那是他们的承诺，他们保证不会强迫我放弃。至少不会在我们快要成功的时候放弃。

诺亚蹦到特维斯的腿边，抱着我的袋子大声地吃着剩下的糖果，我们三个人静静地走在步道里，没有说一句话。等终于看到之前的学生团后，我们放慢了脚步，在距离他们只有几步远的地方悄悄跟着他们。这群学生实在是太吵了，整条步道充斥着他们制造的噪音，搞得好像这里有几百万人一样。不过这对我们倒是一件好事，因为这意味着从对面走来的人不会那么注意我们。但还是有很多人在盯着我们看，尤其是在诺亚一时兴起抓着我的老虎尾巴发出吼叫的时候。但这些都不要紧。最要紧的是，我们要顺利走出步道，找到星星猎手——不能被买冰激凌的阿姨或其他人抓住。我看得出，小本和特维斯都在和我想同一件事情，因为他们脸上有着和我一样担忧的表情。

我用受伤的脚一瘸一拐地沿着这条漫无边际的步道跳了许久，大脑有点儿不清醒了。我开始胡乱地思考起很多事情。不知道我的老同学埃迪和小关现在过得怎么样了？不知道爸爸有没有在今天的新闻快讯上看到我和诺亚？不知道他有没有猜到天上那颗星星就是妈妈的心脏？我想起了妈妈以前在特殊的日子做给我们吃的特别的点心——松脆饼，它看起来就像一轮金黄色的布满环形山的明月，还盖着一层厚厚的金色奶油。我想自己这样伤害脚踝未尝不是一件好事。因为如果我去医院看病，而且要住院的话，诺亚就能跟我一起待在医院里；我可以让医生打电话给爸爸，让爸爸来接我们，然后让伊乌楚库阿姨趁着小本和特维斯还没有长得那么高之前赶紧收养他们。等我给妈妈的星星定下了正确的名字之后，还有好多好多事情要做呢，所以我一定要成功。

“嘿！”特维斯说，“你们看到了吗？我好像看到什么东西了！”

我和小本眯起眼睛，想看得再清楚一点儿。在那里，在遥远的前方，有一圈明亮的光，那不是天花板的灯光。

“真是谢天谢地，”小本戴着面具说，“终于！我们快到终点了！”

我们现在边走边跳，速度比刚才快了一点儿，诺亚则围着我们转圈，假装自己是一架飞机。天花板的灯和地面之间的距离越来越大，光圈也越来越亮，我们踩着地板上画着的一条竖直的宽宽的白色线。在白色线的另一端有两行加粗的字：

欢迎来到格林尼治

时间与空间的交界

这是我见过的最好的终点站。前面的学生团停下来了。我们跨过这行字，谁都没有说话。

"我们和他们一起坐电梯吧！"小本担心地看着我的脚踝说。

"我们一定要小、小心，"特维斯说，"上面。"他伸出手，指了指上面，确保我们明白他的意思。"不要松手，阿妮雅……我们可能要帚（走）快一点儿。"

我们等电梯开门，然后和这群学生、带黄伞的女士，还有一对在大声聊天的带美国口音的老夫妇一起，挤进了超大的金属电梯间。

"阿妮雅！我们要去太空了！"诺亚感受到电梯升空，激动地大喊道。他的脸紧紧贴着交错的金属栏杆，看着离我们越来越远的地面。几分钟后，电梯停下来了，发出了巨大的撞击声。电梯门缓缓滑开。学生都涌了出去，我抬起头，看见外面有一个人正踮着脚尖到处看。是那个卖冰激凌的阿姨——她旁边还有两个警察！

"蹲下！"我低沉地喊了一声，用手肘把小本和特维斯往下一压，暗示他们要躲在这群学生的后面，而且要尽可能地远离那个女人。特维斯把诺亚牵在身边，伸出一根手指压在诺亚的嘴唇上，告诉他要安静。我们把腰弯到最低，离开了电梯，把学生当作防护盾，成功走了出来。在走出来的一瞬间，我们就被人群包围了，我们身边有好几百人，有散步的，有照相的，还有指着什么东西说话的。冰激凌阿姨和警察距离我们只有几步远了，但他们还在认真地往电梯里面瞧。

"那边！"特维斯小声地说着，朝我们招招手，指向步道旁边一辆售卖纸杯蛋糕和棉花糖的大货车。

我们决定在大货车后面躲着，等到安全了再出来。

"我的心都要跳出来了。"小本压低了嗓子说。

"刚才真是太险了。"我说。我们看到其中一个警察拿起了对讲机，而那个阿姨则耸了耸肩。然后他们都走回步道口，站在楼梯口往下看。

"妮雅，看——那个海盗船！"诺亚说着，拉了一下我的手臂，自己冲到人来人往的走廊上了。

"太酷了！"小本说道。我们三个人跟着诺亚一起走了出来，抬头向上看。到处都没有看见那个阿姨或警察的踪影，我们应该是安全了。

我们仰望着这一艘宏伟无比、闪闪发光的、最海盗范儿的海盗船。它就像是载着几千根针，想要把天空都戳破，这些针都由一张巨大的蜘蛛网连接起来了。不仅如此，这艘船的底座是一颗超级大的玻璃钻石，只要有阳光照射，它就会发出夺目的光彩，让这艘海盗船显得更稀奇、特别了。

我单脚站立着，从包里掏出皇家天文台的《纪念品指南》。

"看，我们在这儿。"我指着地图上一艘小小的卡通船说道，卡通船名叫"卡蒂萨克"号，看起来和我们眼前的海盗船一模一样。

"我们要走这边……去这里。"我的手指在地图上从海盗船转移到一个写着"格林尼治集市"的牌子上，然后再穿过树林，最后停在一张望远镜的照片上。

远处传来了敲钟的声音。

当。

当。

当。

当。

"现在已经4点钟了吗？"我感到非常震惊。我们一路上又是堵车，又要躲躲藏藏的，再加上我的脚踝受伤，不知不觉间竟然已经这么晚了！

小本点点头："肯定是4点了。"

"那就走吧。"我坚定地说。大家郑重地点了一下头，便出发前往集市，我们要看看在时间和空间的交界到底会发生什么。

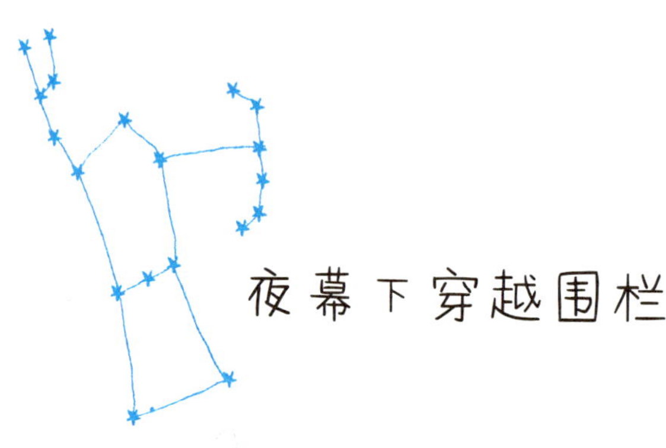

夜幕下穿越围栏

“不好意思，先生，请问一下，去星星猎手的家要走哪边呢？”小本问着，又往嘴里塞了满满一把冒着热气的辣薯条。集市的味道让我们一行人垂涎欲滴，所以特维斯又花了更多钱买了醋酸薯条，让我们边走边分着吃。

老人低头看着小本，皱起了眉。

“你说星星什么？”老人问道。

“不好意思，先生，他是说皇家天文台。”我说着，回头朝小本笑了一下。

“哦！这样啊，走那边！”老人说着，一只手把想往别处跑的小狗往回拽，另一只手给我们指了一条上坡路，“顺着那条路走到底，能看到一个公园，走上公园里的小山坡就是了。”老人眼睛上两条灰色眉毛靠在了一起。他戴着半月形的眼镜，看看我们，瞟一眼手上的手表，然后又看看我们。“不过，天文台今天有特别的活动，会提前关门——现在已经 4 点 30 了，你们赶不到的。”

“不，我们会赶到的。”小本说着，对老人咧开大嘴，露出一个无比灿烂的笑容，老人被吓得往后退了一步。“我们的爸爸在那里工作！谢谢您！”

老人看着我们，挠了挠头，满脸疑惑的样子，但什么也没说，任由他的小狗拉着他走了。

“他肯定得琢磨好几个小时。”小本说道。

“干得不错。”特维斯笑着说。

诺亚跳起来想再要点儿薯条吃。

“‘我们’的……爸爸？”小本看到我皱着眉头，向我解释，“我们看起来就不可能是同一个爸爸呀！”

“哦！”我恍然大悟，突然觉得自己太傻了。我还在想着老人家刚才说的话——天文台很快就关门了。我们还没好好计划过抵达天文台之后应该怎么做。万一我们千辛万苦到了这里，最后进不去怎么办？

我们沿着老人指的方向走，一路上变换着花样前进，一会儿我自己走，一会儿边跳边走，一会儿又互相背着走，就这样走到了老人说的公园。太阳已经下班了，天色渐渐变暗了，我们只听见了从灯火通明的酒馆和餐厅里传出的人们聊天说笑、喝酒的声音。

“我们现在在哪里？”小本问道。

“肯、肯定不远了。”特维斯说。

我们慢慢看见道路的最顶端了。在道路尽头，有一排高大的黑色大门，门上装饰着金色的漩涡。两扇最大的门敞开着，门口拉起了红色的绳子，拦着不让人进。红色绳子两边各站了一个高大的壮汉，他们都穿着长长的黑色外套，耳朵上还长了线。在他们身后，在远远的小山丘上——我看见了！一个巨大的圆顶砖房，四周围绕着黄色和蓝色的小灯泡……皇家天文台！我们距离如此之近！

一辆加长版的华丽黑车从我们身边缓缓驶过，停在打开的大门前，其中一个高大的男人走到黑车的车窗边。只见车子里的人从车窗处伸出一只手，把一张卡片展示给那个壮汉，那只手戴着白色手套，手套外面还戴着一枚大钻戒。壮汉点了点头，另一位壮汉就把红绳子取下来，让车子进去。

"他们一定是来参加派对的。"特维斯小声地说。

"是啊，这两个一定是便衣警察，"小本说得非常老练，"我们最好不要被他们看见！看，那边有一块标志板。我们去看看写了什么。"

我们跟着小本走到大门前的玻璃展示窗前。在展示窗里有一张绿色地图，地图上有五颜六色的标注，上面有一个箭头，指着"您所在的位置"，旁边还有很多小卡片，上面手写着各种不同的字体，都是诸如"你有见过这只狗吗？""你是否在寻找灵魂伴侣？"之类的问题。在这些卡片中间是一张海报，上面画着好多灿烂的烟花和闪亮的星星，还用金色的字体写着：

今晚！

科隆诺斯年会盛宴

科隆诺斯钟表为世界计时 250 周年庆典

请注意：下午 4 点后，天文台各区域及天文馆将停止接

待游客

“啊，天啊！已经关门了！”小本不甘心地说，回过头去看那两位壮汉，好像应该怪他们似的。

我用力地把脸塞在铁门栏杆里，抬起头来看那栋房子。离我们这么近！一定要进去……一定要！我们不能这么大老远地来，结果连大门都没进去。我不能因为这几道门就让妈妈的星星带着一个错误的名字永远挂在天上！

我用力伸长双手，希望能伸到房子那里去，希望能拿到皇家望远镜。它就在我面前了。我看着伸长了的双手，突然计上心头！

“过来，”我拉着小本和特维斯的手臂说，“我想我知道怎么进去了。只要没人看到我们就行！”

他们没明白我的意思，疑惑地看着我。我半跳半走地离开那两个便衣间谍壮汉，沿着铁围栏走，一直走到看不见那栋房子，看不见餐厅、灯光、树木，也听不见吵闹的声音为止，围栏最终被一面砖墙截住了。我们已经无路可走，这里也不会有人看到我们。

“这里，”我说着，摘下我的背包，“我们可以进这里！”

“进哪里？”小本问。

“看！”我说。我呼出肚子里所有的气，用力吸起肚子，抓着我的老虎尾巴，走到两根围栏前。我把一条腿迈进围栏里面，再把同一边的胳膊也塞进去，慢慢地把整个身子都穿过去。最后，轮到我的脑袋了，我把脸转向外面，闭上眼睛，感受到冷冷的铁条在挤压我的脸颊。我觉得整个头都被压扁了，甚至无法呼吸，但这种感觉只持续了一秒钟，接下来就是“啵”的一声！我进来了。

我进到大门的另一边了！

“看！”我揉了揉脸，让它恢复正常，“小意思！”

小本走到围栏前比对了一下，看看他能不能挤进来。“但是……我的头发……”他喃喃自语地说着，摸了摸头发，好像穿过围栏会把他的头发全部夹下来似的。

“诺亚先。”特维斯把诺亚推到前面。

“诺亚，过来！来这里。”我小声地说着，把他往围栏方向拉。他挤进来的时候，头上的太空头盔有点儿变形了，而且从头上滑了出去。特维斯把头盔和我的背包一起塞进来，然后他自己也穿过了铁围栏。在黑暗中，他的骷髅骨架套装开始发出幽暗的绿色荧光。

“我的天啊！我不可能进得去的。”小本说着，又摸了一下他的头发。

“你可以的，”我说，“你把肚子里的气都排掉就好了——像我一样！”

“快啊，小、小本！”特维斯说，“我们帮你搞头发！”

“好吧！我是说……我一看就知道自己过不去，你们待会可别说我没有试哦。”小本小声地碎碎念着，然后抓住一根围栏，深深地吸了一口气。小本先把半张脸塞了过来，然后伸出一条腿，伸出一只胳膊，最后是他的胸部。“我卡住了！我卡住了！”就在我和特维斯抓住小本的手臂，用尽全力把他拽过来的时候，诺亚开始“咯咯咯”地偷笑起来。我们用力地想把小本的身子拽过来，结果从他身上掉出了一连串的糖果。

“噢噢噢噢噢噢噢！”小本疼得嗷嗷叫，“上帝啊！这些围栏排得那么密干什么？我都要死掉了！”

“嘘嘘嘘嘘！”我一边警告他小点儿声，一边更用力地“拔”他。

“等一下！我的头发！我的头发！”小本的脸卡在了围栏间，他忍不住尖叫了起来。

“别管头发了，快呼气！”特维斯命令道。

“噢噢噢噢噢噢噢噢！”小本又号叫起来。

我们用力地扯他的胳膊，可能都快把手臂扯断了。不过，他的胸部朝我们移动了一点儿，他的脸也几乎完全穿过围栏了，然后——“啵！”——小本也和我们一起进来了。

“疼死了！”他大口喘着气，赶紧检查了一下自己的身体，看还是不是完整的，“我以为我要死掉了——如果真的这样死了也太尴尬了！等一下！”他快速地用手捯饬他的发型，“怎么样？”他问道。特维斯和我对视了一眼，憋着笑。小本的完美圆球发型现在变成一个摇摇晃晃的椭圆形了。

小本皱了皱眉，诺亚又开始“咯咯咯”地偷笑。

“阿妮雅，还好你想到了穿过围栏这个好主意！”特维斯走过来扶着我走。

“是啊，”小本说，“虽然我差点儿死——”

“嘘嘘嘘！”我压低了声音，把诺亚抱在身边。

我听到草丛里传来“沙沙沙”的声音，而且距离我们越来越近了。

我们全都定住了，像四座怪异的树雕，静静地等待着，心里十分害怕。

“啊啊啊啊啊啊啊啊啊啊啊啊！老——鼠——啊——！”小本惊恐地喊起来，指着我身后，“嗖”的一声就跑出树丛了。

我的心几乎要跳到嗓子眼了，我慢慢回过头去看。突然，一张毛茸茸的灰色小脸和一把浓密的尾巴跳了起来，两只小爪子还抱着一粒巧克力花生豆。它肯定是闻到了刚才从小本身上掉下来的糖果的味道，所以来调查一下是怎么回事。

"只是松鼠而已。"我朝小本喊了一声，把自己刚才憋住的气全部呼出去，然后开始大笑。"小本！别跑了！没事的！"我大声呼唤着他。

"我真想揍死他。"特维斯气愤地摇摇头说道，把一只手放到胸口处安抚他的小心脏。

小本又朝我们跑回来。我牵起诺亚的手，抬头往远处看。在我们面前的小树丛之外，我能看到一片田野，田野外有更多的树，还有一条蜿蜒的长长的小路。虽然已经进到铁围栏里，但距离天文台的圆形屋顶还很远。不过，我已经能听到音乐声和隐隐约约的谈话声。这说明银河系最盛大的比赛马上就要结束了，也说明这是我帮妈妈的星星找回正确名字的最后机会了。

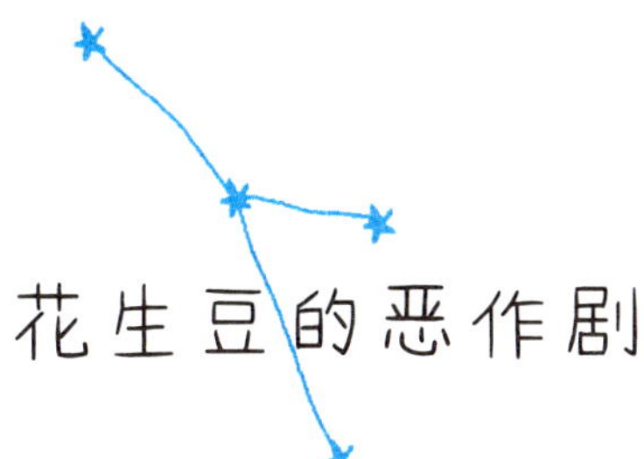

花生豆的恶作剧

“我想知道有多少人参加了这次比赛。”小本好奇地问道。他扶着我跳过地上又一根粗壮的树枝，走过长长的树丛。

“可、可能有几百、几千万人吧！”特维斯回答道。他把背上的诺亚往上抬了一下，防止自己被诺亚勒住脖子。“我们可都没忘、忘记你见到小、小松鼠就吓得落荒而逃、逃的样子！”

“它们长得像老鼠！”小本为自己争辩道，“只是……毛更多而已！”

从身后不知道什么地方，我们听到了一个小时前的敲钟声。

当。

当。

当。

当。

当。

已经5点钟了！也就是说我们必须在两个小时以内爬上山坡去找星星猎手，阻止他们给妈妈的星星起错误的名字。

这个钟声让我们所有人都开始着急了。但是要从这片森林走出去却越来越困难。天已经暗下来，灌木丛和树木就像天空一样黑。我听见特维斯时不时被绊一下或者脚底打滑，走路踉踉跄跄发出的动静，也能感受到小本更用力地抓着我的手臂。因为他又要扶着我，又要小心自己脚底下粗粗细细的树枝和滑溜溜的泥土。

我们走啊走，脚下的坡越来越高了。诺亚开始发出埋怨的哼唧声，我们所有人的呼吸都越来越重，步伐也拖得越来越慢了。

"终于，"我们靠着一棵巨大的树干休息时，小本说，"我们到了！"

我们蹲在这棵大树下，小心翼翼地侦查着周围的环境。前面已经没有树，也没有黏糊糊的土地了，只有长长的一排黑色空车。它们都好好地停在停车位里。诺亚每次玩"塞车游戏"时，也会把玩具车排列得这样整齐。在这些车子后面的马路另一头，有一面高大的墙，环绕着一栋红色砖房，砖房前的空地上立着一支巨大的金属望远镜，还有六根长长的杆子顶着六个黑色的大碗，碗里有闪烁的火光。大碗前面有一扇门，还有几级阶梯。一位穿着黑色外套的壮汉和一位穿着西装的姐姐站在门边等候。他们俩的耳朵上都带着弯弯曲曲的线，就像我们在山脚下看到的那两位便衣警察那样。

我们面前的墙上有一个闪亮的大招牌，我盯着它，感觉它就像镜子做成的一张巨大邀请函。招牌上写着：欢迎来到格林尼治皇家天文台 & 皮特·哈里森天文馆。

"我们怎么进去呢？"小本问道。

我们一直躲在树下，看着碗里的火光在风中摇曳。

“我不知道。”我很担心。我从来没想到星星猎手还会有火光和守卫的保护。我在书里看过许多照片，我还以为星星猎手就是住在图书馆里，随时准备去帮助那些想了解太空的人。只要我们找到办法穿过这个守卫，他们就会帮助我们的……对吗？

我不再去想这个问题了，眼睛看着诺亚，他趴在特维斯的背上，马上就要睡着了。“如果我们假装自己的父母在里面呢？然后让诺亚假哭怎么样？”

特维斯摇摇头，“他们可、可能会问我们父母叫、叫什么名字，然后核对名、名单，如果我们说、说错了，他们就找人抓、抓我们。”

我们一致认为特维斯的分析很有道理，试着想出别的办法。

又一分钟过去了，诺亚开始打起了小呼噜。

特维斯突然兴奋地看着我们：“等、等一下！我想、想到办法了！”

“什么？”我和小本异口同声地问。

特维斯指了指不远处的小汽车——“用它们！”

“呃……车？”小本皱着眉头问道。

特维斯点点头。“是的！考考你，车、车纸（子）上有什么？”

小本耸耸肩：“轮胎？”

特维斯摇摇头，然后用手肘撞了一下小本，说：“不对……有警报！”

小本皱起的眉头慢慢舒缓了，然后又跳了起来。

“特维斯！你可真是个天才啊！”小本高兴地喊着，抓起特维斯的手臂疯狂地摇，好像是想点亮两根荧光棒一样，“但是，怎么操作呢？”

“警报？”我还在努力消化他们俩刚才说的内容。

“糖、糖果！”特维斯说，“我们的糖果包呢？”

小本抓起他的背包，从里面掏出仅剩的糖果包，像得了奖一样高高举起。小本的糖果包已经空了，诺亚的也快吃完了，我的糖也被诺亚吃掉了一半，不过特维斯的糖果包还没有动过。

“完、完美！”特维斯说着，从小本那里拿过一个糖果包，把里面的糖果装进裤子的口袋里，小本也拿起其他糖果包，做了一样的动作。

“你们打算怎么做？”我越来越不明白了。

“我们要用这些糖果——去捣蛋！”特维斯露出一个坏笑。

“没错，”小本说，“一个小把戏就能让我们顺利穿过那扇门！我们只需要把汽车警报弄响就可以了。弄响警报……明白了吗？”

我还是皱着眉，但突然间，我明白了！

“真是太优秀了！”我捂着嘴高兴地欢呼，生怕自己喊得太大声了。好在马路另一头的守卫们没有听到。

“我们负责弄响警报，”小本说着，把他的面具戴好，“你们准备冲进去，行吗？”

我点头。

“准备！”特维斯发出指令，把诺亚从他背上轻轻放下来。我扶着诺亚的手臂，想让他站好。但他困得眼睛都睁不开了，而且很不高兴地朝我低吼。

“嘘嘘嘘嘘！”特维斯警告道。

我们把头探出树干外，偷瞄一眼那些守卫。其中一个人没有来回走动巡逻了，而是站在原地充满戒备地到处看。但过了几秒钟，他就回到原位，又开始巡逻了。

“好了。”特维斯说。

我接着扶诺亚站好。

“出、出发。”

小本点点头，非常用力地咬住自己的下嘴唇，把下嘴唇整个咬到嘴巴里了。

我也点点头。但我非常紧张，所以也不知道刚才那是点头还是脖子抽筋了。

“好……你去、去左边，我去右边，我们在门口会、会合！”特维斯指挥道。

小本竖起大拇指，检查了一下口袋，确定所有的糖果都还在里面。

我牵着身后的诺亚，俯下身子快速跑到最近的车子后面。我蹲在车子的窗户下，对着诺亚伸出一根手指压在嘴唇上，提醒他要保持安静。他也学着我的动作，放了一根手指在自己的嘴唇上，看起来很严肃，也比刚才清醒多了。

我看着小本和特维斯消失在夜色中，不过特维斯的夜光骷髅服消失得慢了一点儿。我静静地等着，一边竖起耳朵听，一边把诺亚扶好让他站稳……终于，我听到了——像下冰雹一样的声音！特维斯和小本把糖果撒向空中，让糖果砸到汽车的车盖上，发出了“噼噼啪啦”的敲击声。

然后，周围又安静了。

有那么几秒钟，我坐在地上等待着，感觉有点儿反胃。如果这招没有用怎么办？如果糖果不够重，不能引起警报怎么办？就在这时，警报声响起来了，有一辆车的警示灯开始闪烁，警报声响彻云霄。第二辆车的警报响了……第三辆也响了！

哔——哔——哔——

哔——布——哔——布——

噢噢噢噢！不！！！！

“怎么回事？”其中一个守卫惊呼一声，急匆匆地经过我们身边，往左边去了，警报声就是从那里发出来的。

然后，好像在回应着第一轮噪声似的，新的警报声在另一个方向响起了。

叽——噢——叽——噢！

呜——哩——唔——哩！

不可能！！！！

守卫跑回到我这边，他的头发根根竖起，好像很兴奋的样子。特维斯抓住我的手臂。第二个守卫也离开大门，朝我们右边发出警报声的车子冲来了，与此同时，小本不知道从哪儿冒出来了，看起来又着急又开心。

“快。”他说着，指了指前方。

我们的小把戏成功了！通往天文馆的大门现在敞开着，而且没有人看守！

我们拉着彼此的胳膊，一边快速移动到汽车的另一边，同时谨慎地往左右瞄瞄。没有守卫，但有两辆车的警报声已经停止了。

“冲！”特维斯一下口令，就像弹簧一样冲了出去，拽着身后的我、诺亚和小本一起跑向大门。

我们跌跌撞撞地跑着，穿过大门，踩在从天文馆大门铺下来的厚厚的红地毯上。这时，又有两辆汽车的警报声响起了。第三辆！第四辆！

“还有谁在扔糖果？”小本小声问。

我们都疑惑地看了看对方。

“走吧——去瞧瞧！”特维斯挥挥手让我们接着走。

我们马上就要走完所有台阶了，两扇巨大的玻璃门距离我们只有几步之遥，特维斯却转身离开入口，往旁边能看到停车场的墙角走去。我们跟着他一起走过去，停下来的时候，被眼前的场景惊得合不拢嘴。

在汽车车盖上上蹿下跳、跑来跑去，触发了汽车警报的，原来是一支毛茸茸的灰色松鼠军团。它们追随着小本和特维斯撒在空中的巧克力花生豆而来！

在松鼠身后有两个奋力追赶着的人，他们的外套在风中扬起，满脸通红、汗水淋淋。那两位守卫一边大声地咒骂着这些松鼠，一边驱赶着它们。

“特维斯，我想这大概是你最聪明的杰作了。”小本的脸上露出了骄傲的神情。

“不仅如此，”我激动地说着，情不自禁地笑了，“这是全银河系历史上最了不起的把戏！”

好莱坞最闪亮的明星

“是时候去找星星猎手了！”特维斯说着朝诺亚伸出了手。

诺亚还目不转睛地盯着那群松鼠，就像那是他的圣诞礼物似的。

我们转身走回这栋一直在等待我们的红砖房，四个人又安静了，除了诺亚。

“希望我们不用再躲守卫了。”小本说。

我们把脸用力压在玻璃门上，想看清里面。很黑，但是在墙上有移动着的恒星和行星的照片，还有一块钟表，钟表的两根指针一根向前走，一根向后走，钟表里每隔一秒钟都会闪现一行大大的白色文字：科隆诺斯钟表——岁月的杰作。就这些。玻璃门里一个人也没有。

我抓住门把手，用力往外拉，希望它没有上锁。一打开门，我们就听到从楼下不知道什么地方传来了隐隐约约的说话声，还有人们鼓掌的回音。

我们一起走了进去，朝大厅中间的旋转楼梯前进。楼梯入口处有一块牌子，上面写着“科隆诺斯年会晚宴”，还有一支箭头指着楼梯下方。牌子旁边有一条厚厚的红绳子，绑在两根金色的柱子上。

“走吧，”我说，“下去吧！”

我最先出发，用最快的速度往前跳着走，心里很好奇：待会儿下楼会看见什么呢？我要怎样才能让大家听到妈妈的星星的事情呢？我不知道现在是几点，但我知道我们剩下的时间已经不多了。

我们弯下腰越过红绳子，悄悄走下旋转楼梯。越往下走就越黑。我更用力地抓着诺亚的手。又有一块牌子——“科隆诺斯年会晚宴直走”——牌子指向一条长长的走廊。走廊里几乎伸手不见五指，但当我们踏进这条走廊往前走的时候，各种星星、彗星和黑洞的照片突然投影在两侧的墙壁上，甚至连天花板上都有。音乐和笑声的回音从旁边的房间里传出来。

“看！”诺亚大喊一声。

在走廊尽头的巨幅黑色屏幕上，出现了一张巨大的照片。那是一片白色和粉色交融的漩涡状光圈，光圈上下各有一条长长的龙卷风形状的物质在挤压着它。光圈越缩越小、越缩越小，最终变为一颗小球。接下来，没有一点儿预兆，它猛地爆炸了，炸出一阵蓝银色的光。屏幕上出现了一行字——“恒星是如何诞生的”。三秒钟后，这行字消失了。我们一行四人的影子映在屏幕上。我看着影子，又低下头看看诺亚。我从来不知道恒星原来是这样诞生的。不过现在，一切都合理了。我想告诉诺亚，现在我知道为什么我们胸口处的裂痕会那么痛了，也知道为什么妈妈消失的那个晚上，我们会听到一阵剧烈的爆炸声。原来妈妈的心脏经历了这么重大的改变！虽然变成星星的妈妈比她原来更美丽，而且能活好几百年，但这颗星星看上去非常痛苦、非常寂寞。

“阿妮雅？”

一只手搭上我的肩膀，我知道那是特维斯想催促我快点儿走。虽然我也很想转身离开，但我做不到。看完妈妈的心脏变成星星的全过程之后，我的整个身体像触电一样发麻，又像石头一样僵硬。

一阵热烈的掌声环绕着我们响起，把我们旁边的两扇双开门都震得抖动起来。这个声音也把我惊醒了。我必须走了。我咽下喉咙里一团黏糊糊的小球，带着小本、特维斯和诺亚走到最后一间房间前。

我悄悄地把大门推开一条缝隙，看看里面在干什么。

这间屋子里摆满了圆桌，桌子上摆了高高的蜡烛和鲜花。桌子边上坐着好多穿白衬衣、黑西装、打领结的男人，看起来像企鹅一样，还有好多穿着各种颜色的晚礼服的女人。有的女人脖子、耳朵甚至头发上都戴着大大的钻石，仿佛在比谁更闪亮。更多的人站在门边和墙边，他们手里拿着大大的照相机，快门的“咔嚓”声、闪光灯的刺眼光线和奇怪的“呼呼”声一直没有停过。

我们的脖子从门后面越伸越长，越伸越长。我注意到房间里的所有人都在看着一个女人，她正准备登上房间里面的一个大玻璃舞台，所有人或是看着她窃窃私语，或是对着她“咔嚓咔嚓”地拍照。她的头发和耳朵上一颗钻石都没有，不像其他女人，而且她的礼服一点儿也不闪亮，但她看起来就是世界上最漂亮的女人。她的皮肤白得发光，一头黑发卷成了美丽的大波浪，自然地散落在脸颊旁。她的黑色长裙拖到了地上。她的脖子上戴着我见过的最洁白的珍珠项链，而且她还像伊乌楚库阿姨一样，在眼睛旁边抹了闪粉。

“我的圣母玛利亚啊……那是——那是……”小本说不出话来，开始戳我和特维斯的手臂，戳了大概有好几百次，“是那个出现在所有超级英雄电影里的女演员！奥黛丽……什么的！”

“是，我知道！”特维斯激动地说着，脸都变红了，而且突然害羞起来，“她、她是好莱坞坠（最）有名的明星！”

我们看着这位“奥黛丽什么的”大明星站在一根玻璃柱后面，扫视整个房间。所有人都静静地等着，好像她马上就要说出对每个人都至关重要的话来。

“女士们、先生们，尊敬的赞助商和受赞助人，尊敬的时间管理者和宇航员们！我很荣幸今天能作为科隆诺斯手表品牌的代言人站在这里。”

现场爆发出一阵热烈的掌声。

她轻轻点头致意，接着说：“今天，让我倍感荣幸的是，自己能够站在这里，站在这个现代时间诞生的地方，站在这个能够让人类了解到整个银河系的地方，站在这个让人类有更强的探索欲望的地方。作为科隆诺斯企业的代言人，我已经学习到了很多很多，我也很期待能和大家再多聊一会儿。但现在，”她接着说道，“作为今夜盛典的开场，我将隆重地宣布新天象的命名结果！众所周知，在三天前，皇家天文台的学者们最先观测到了违背物理定律的那颗恒星，它现在已经赫赫有名了。这颗恒星不仅是人类肉眼可见，也是整个银河系中距离地球最近的恒星！”

房间里又爆发出一阵热烈的掌声，我的耳朵都被震得发红。小本和特维斯回过头来朝我笑，好像他们也为妈妈感到骄傲。

"非常高兴地告诉大家，在全球命名比赛进行的七十二小时中，来自世界各地的地球公民们提交了超过一千七百万个作品，而就在今天凌晨0点01分，我们的电脑已经选出了获奖的名字！"

一阵欢呼声轰然响起，像地震一样连地板都在颤抖。

"一千七百万……"小本喃喃地重复了一遍，嘴巴都合不拢了。

我接着看。只见一个留着灰色短发、穿着西装的矮个子男人走到"奥黛丽什么"的身边。

"阿妮雅！"特维斯用手肘推了推我，"看！他手上拿着那个名字！我们来得刚刚好。"

看到那个男人手上拿着的大大的金色信封，我手脚冰凉，身体僵硬得动不了。

"电脑抽选结束后的那一刻，这个名字就被密封保存在这个信封中，由我们亲爱的艾利克斯·威瑟斯先生守护着。接下来，我们就要为大家宣布这颗新恒星的名字！"威瑟斯先生鞠了个躬，将信封交给奥黛丽小姐，大家又开始鼓起掌来。

我感觉自己的太阳穴咚咚直跳，心脏马上要从嗓子眼里蹦出来了。我告诉手和脚赶紧动起来，但它们不听我指挥。时间滴答滴答地流逝着，信封已经到了奥黛丽小姐的手里，妈妈的星星马上就要有一个错误的名字了，而我竟然动弹不得！

"我代表科隆诺斯手表品牌以及格林尼治皇家天文台，在这里向各位参赛者致谢，也感谢今夜出席盛典的各位来宾，谢谢你们和我一起见证这历史性的一刻。"奥黛丽小姐一边鼓掌，一边鞠躬。房间里响起一阵鼓声。

所有灯光都熄灭了，房间暗了下来，舞台上的电影屏幕亮了，上面闪动着硕大的数字。

10、9、8、7

时间仿佛慢了下来，我的心脏“怦、怦、怦”地跳，声音越来越响，我全身发冷，像冰块般僵硬。

“阿妮雅！”小本悄悄喊我。我听到他的声音了，但他好像是隔着一层果冻墙在和我说话，声音拖得很长，还晃晃悠悠的，听不清楚。

6、5、4

这时，我的余光看到一个黑影在我们身后移动。在小本和特维斯身后有一个高大的光头男人，他正穿过黑漆漆的走廊朝我们跑来。我看到在他的一只眼睛后面，也带着弯弯的线。

“喂！”他一看到我们，就朝我们大吼。

“不！”我大喊一声，把面前的门彻底推开。

我听见身后那个男人还在朝我们吼叫，但我已经动起来了，我不会再停下。我“砰”的一声推开门，闯进了黑漆漆的房间，我想穿过整个房间，朝金色信封跑去。但我忘了自己的脚踝受伤，也忘了我还穿着老虎的衣服。就在我刚准备踏上舞台台阶的那一刻，我感觉到脚被一个又长又细的东西缠住了，我的脚踝处传来一阵尖锐的刺痛感，我痛得几乎要昏过去。我被自己的老虎尾巴绊住了，先是像飞翔在太空一样往前腾起，随后重重地落在地上，发出一阵响亮的碰撞声。我听到人们倒吸一口气，发出惊讶的声音，听到各种裙子摩擦发出的“沙沙”声，听到人们推动椅子时发出的“嘎吱”声。我躺在地上一动不动，用胳膊抱住脑袋，人们一句句“我的天啊”不断在我的耳畔回响。我很想站起来。我想说点儿什么，告诉大家我没事。但我说不出来了。我能感觉到自己的肩膀在颤抖，我的两条腿一点儿感觉都没有了，就像两条被奸诈的老虎尾巴绞死的鱼。

“现在，”一个声音离我越来越近了，房间里的灯光也亮起来了，“我们来看看，这边发生了什么事情？”

我感觉有一双手搭在了我的肩膀上，把我拉起来。

“拜托！”我听到自己的声音了，“你不能打开那个信封！你不能给我妈妈的星星起错误的名字！你不能！”

我紧紧地闭着眼睛，低下头，让头发把我的脸遮住，一动不动。我不想看特维斯、小本或诺亚，因为我知道自己让他们失望了，我也不想看见其他任何人。这时，我感觉到一阵脚步声在朝我靠近，然后是几只小小的手指拉着我的头发，还摇晃着我的胳膊。我听到诺亚哭着说：“妮雅！妮雅！”

一只强壮的手臂松开了我的肩膀，轻轻把我脸颊旁的头发夹到耳后。我睁开眼睛，抬头往上看。一双明亮的棕绿色眼睛正盯着我看，眼睛旁还抹着银白色的闪粉。

“你好啊，”她说，“我叫奥黛丽，请问你叫什么名字？”

这位好莱坞最闪耀的明星轻轻张开她的红唇，朝我微笑。这时，旁边几百台照相机终于按捺不住了，快门声接连不断地响起，刺眼的闪光灯一阵一阵地闪着。

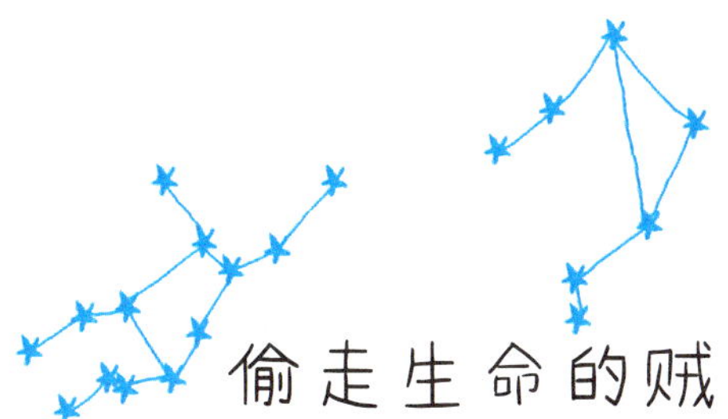

偷走生命的贼

我坐起来，看向舞台以及舞台上的屏幕，想确认一下倒计时是不是已经结束了。但现在有太多的人弯着腰盯着我看了。

“亲爱的，你叫什么名字？”奥黛丽小姐又问了我一遍。她目光直视着我的眼睛，就像这房间里没有别人一样。

我揉了揉眼睛，含糊不清地说了句：“阿妮雅。”

“这个名字可真好听啊，”她说，“好了，我们一起把你脚上这个威风的尾巴解开，然后扶你站起来，好不好？”

我点点头，但是依然低着头。

“不好意思，”奥黛丽小姐说着，往下伸出手，“请大家给孩子让个位置，谢谢。”

在她把我扶起来的时候，诺亚也拉着我的手臂想要帮忙。我朝四周看了看，发现特维斯和小本还站在过道中间。他们看起来很震惊，似乎不敢相信好莱坞最闪亮的明星竟然在跟我说话。我想用眼神向他们道歉，因为我让他们丢脸了，而且没有早点儿让倒计时停下来，但我不知道他们有没有看懂我的眼神。

“来，”奥黛丽小姐说着，把我扶好，“你感觉怎么样？”

我又揉了揉眼睛，说：“没事。”虽然我的膝盖非常酸，我的手肘也磕到了台阶上，而且我很确定自己的脚踝应该是骨折了。

“啊……你的腿受伤了。”奥黛丽小姐说道。她发现了我用没受伤的那条腿单脚站立着，于是伸出手臂抱着我，让我站得平衡一点儿，“还有你的脸。”她皱着眉头说道。

“请借过一下，女士们、先生们！借过一下！”刚才那个一直追着我们跑的、耳朵上戴着线的高大光头壮汉就像一台愤怒的推土机，将围观的人群推开，走到我和诺亚身边。“女士，我必须把这些孩子带走！他们是自己闯进来的。”

“是吗？”另一个声音从我身后响起。

“是的。我们刚才看监控，发现他们从侧门里闯进了花园，然后……呃……用一些松鼠引开了我们的注意力，才进到这里来。”光头守卫报告道。

特维斯和小本慢慢朝我走过来，站在我身边；与此同时，我能感受到奥黛丽小姐的眼睛一直在看着我。诺亚一直盯着光头壮汉看，他大概也意识到我们有麻烦了，开始打起嗝来。他打嗝的声音非常大，我敢肯定这样对他的胸腔很不好。

光头男人朝我走过来，伸出手，似乎要抓住我的手臂。终于来了——我要去坐牢了……可能要蹲一辈子的监狱。而且，现在大家还不知道是我带着小本他们从伊乌楚库阿姨家逃出来的，还偷走了伊阿姨的自行车。

“哦，别闹了，弗兰克。”我身后的声音又说话了，声音的主人朝我们走过来，站在奥黛丽小姐身边，"跟你们部门说一下，不用对几个小孩子这么严肃！我会解决的！"

我抬起头，用早已婆娑的泪眼看到了一个留着黑色长发的女人，她的脸很长，一双棕色眼睛圆溜溜的，鼻子上架着一副闪亮的眼镜。不知为什么，她看起来很眼熟。

"不好意思，女士，"那个叫弗兰克的光头男人摇摇头，说，"这是规定。"

"他们只是孩子。"奥黛丽小姐看着诺亚笑了，还捏了捏他的小脸蛋。

诺亚害羞地看着她，然后又开始打嗝了，不过这次声音小多了。

"他们是闯进会场的小孩，女士。"弗兰克说着，脸和胸膛都气鼓鼓的，像一只生气的河豚。

"哎呀，拜托！"围观的人群中有一个男人喊了一声，越来越多人开始附和，有的人大声抱怨着，有的人摇了摇头。

"不如我们带他们去屋顶上，听听他们有什么想说的吧。"威瑟斯先生说道。他现在站在弗兰克的身后。"怎么样，格雷瓦尔教授？"

看到那个女人点了点头，我不禁倒吸一口气。她就是新闻上的星星猎手！这个瞬间，我忘了自己刚才差点儿被逮捕，也忘了自己麻木无感的双腿，脱口而出："格雷瓦尔教授！你是星星猎手！你一定一定要帮我妈妈！拜托！能不能求你帮帮她？"

格雷瓦尔教授看着我，皱了皱眉，问道："阿妮雅，你说的是什么意思？你妈妈需要什么帮助？"

"她是一颗星星。那是她的心脏——你明白吗？"我问道，心里希望她能明白我的意思，"求求你，你不能给她一个错误的名字！你不能给她一个电脑随便选出来的名字。拜托……”

话音刚落，我就听到周围人们的窃窃私语和倒抽一口冷气的声音。格雷瓦尔教授和“奥黛丽什么的”小姐看了对方一眼，用眼神在交流着什么。

“你一定要帮忙啊！”小本好像终于憋不住了，大喊道，“我们为了找你，已经走了整整一天一夜。我们差点儿死掉了！”他刚说完，特维斯就惊讶得合不拢嘴，而且连连点头。

我再也站不稳了，感觉膝盖一下子变软了。奥黛丽小姐抓住我的手臂，大喊着：“借过一下！”然后把我带到一张椅子前，有一位穿得像企鹅的先生正坐在那里。

“先生？”奥黛丽小姐这句话，让这位先生一下子站起来，把椅子让给了我。

我刚坐下，就感觉有无数个人像波浪一样摇晃着朝我压过来。有太多双眼睛、有太多张脸、太多颗闪亮的珠宝在盯着我，好像连这间屋子都朝我倾斜，想看看发生了什么事情。

“孩子们，请来这边。”格雷瓦尔教授招呼小本和特维斯坐在我旁边，不过他们只是坐在地上。格雷瓦尔教授朝我们微笑，她问了小本、诺亚和特维斯的名字，然后问我什么是“星星猎手”以及为什么我需要“星星猎手”的帮助。我们太想把所有事情都告诉她了，大家七嘴八舌地说了起来。

“上个星期，我妈妈的心脏变成了一颗星星，就是你们看到的那颗，而且你们还为她举办了比赛。我们知道必须来到这里，找到星星猎手，这样才能告诉你们所有真相，你们才不会把她的名字叫错！”

“我们一定要找到你。”小本说道。

“这样你们才不会把她的名字搞错！”特维斯补充道。

诺亚打了一个嗝：“呃！”然后说，“妈妈的星星是最大的！”

“我也是一位星星猎手，所以我知道那就是她的星星！”我看着格雷瓦尔教授，向她解释道。

“所以我们一定要逃、逃跑，及时赶、赶到这里！”

“所以我们就受伤了！”

“但我不想给任何人找麻烦！”

“呃！”

“孩子们……等一下，请等一下！”威瑟斯先生抬起手，说道。整个房间的人都在看着他。他朝我走了过来，单膝跪在我面前，问：“阿妮雅，你是说你认为……不好意思……你相信你妈妈的心脏就是我们今晚在这里纪念的这颗星星吗？”

我点点头。

奥黛丽小姐喘了一口气，说：“噢！”

“我明白了……为什么你会这么想呢？”威瑟斯先生接着说道。他那双温暖的棕色眼眸和灰棕色的胡子都仰视着我。

我没有说话，因为我从来没有告诉过任何人，妈妈消失的那天，我感受到了强烈的震动，听到了爆炸声。但我还没来得及说什么呢，诺亚就拍了拍手，说：“因为她——‘嘭’！”

格雷瓦尔教授对诺亚笑了一下，然后又看着我和威瑟斯先生，问：“阿妮雅？”

我在思考着应该怎么说。我知道格雷瓦尔教授、威瑟斯先生以及这个房间里盯着我看的大部分人可能都是星星猎手，或至少对星星的了解比普通人更多。我敢肯定他们一定知道星星是怎么诞生的，他们一定知道星星诞生时会发出震耳欲聋的爆炸声。但是，如果他们不像我和诺亚这样听过真实的心脏变成星星的声音，怎么办？如果他们只是在书本里读过，根本不知道这种声音到底多吓人，怎么办？在书上读到的，和在现实生活中听到、看到、感受到是一点儿也不一样。但我一定要努力让他们明白。妈妈的星星也需要我这么做。奥黛丽小姐是好莱坞最闪亮的明星，她也许知道所有关于星星的事，然后帮我们让其他人也明白。

"因为我能听见她，"我简单地说，"当警察和穿着黑西装的阿姨来找我们，和我们说话的时候，我听到了妈妈的心脏离开身体时发出的爆炸声。我知道她会想办法告诉我们她的位置，告诉我们怎么才能找到她。她做到了。"

"我懂了……"格雷瓦尔教授说。她的鼻子现在应该很痒，因为她挠了好几次了。

威瑟斯先生的鼻子一定也很痒，因为他一直像沙鼠一样上下揉搓着鼻头。

我看到弗兰克也皱起了眉。"你妈妈的名字叫什么？"他问道。这一次，他的声音听起来友善多了。

特维斯和小本转过头来看着我，诺亚也等着我说出妈妈的名字，不再打嗝了。

我张开口："伊莎贝拉·希尔登。"我大声地把妈妈的名字说得清清楚楚。这是她离开我们之后，我第一次说出她的名字。我说得那么大声，就连自己的胸口都感觉怪怪的，好像身体里有什么沉睡了很久的东西苏醒了，在雀跃地跳着舞。

"伊莎贝拉……希尔登……？"人群中有一个男人的声音大声问道。

"哦，天啊！"一个女人小声地说。

“哦，太可怜了！”另一个女人大声地说。

“真是悲伤的事。”站在我后面的一个男人喃喃地说道。

一个穿着亮绿色晚礼服的人弯下腰来，在格雷瓦尔教授耳边说了几句悄悄话，格雷瓦尔教授又跟奥黛丽小姐说了几句悄悄话。

“哦！”奥黛丽小姐惊叹了一声，马上用两只手捂住自己的嘴巴。

弗兰克摇了摇头，悲伤地看着我们。小本和特维斯对视了一眼，然后看着我的膝盖。

威瑟斯先生拍了拍弗兰克的肩膀，用手遮住嘴巴，和弗兰克说悄悄话；弗兰克听了，点点头离开了房间。我看到他拿出了对讲机，马上就知道他想做什么！

“求求你！”我大喊一声，努力想站起来，“请你不要报警！我们没有——我们没有做不好的事情！”

“亲爱的，冷静，”奥黛丽小姐拍拍我的手臂，把我拉回到椅子上坐好，“你们不会有事的，好吗？一点儿事都没有！”

“我们会没事吗？”小本问道。他好像不知道自己能不能信任眼前这个世界上最棒的女演员。

奥黛丽小姐摇摇头，朝他微笑了一下。这让小本马上低下头去看地板，我想他可能要幸福得晕倒了。

“我们想让所有人知道你们很安全，”格雷瓦尔教授说，“有很多人都很担心你们。”

“他们……他们担心吗？”特维斯问道。

威瑟斯先生和格雷瓦尔教授都点了点头。

“当然，”格雷瓦尔教授说，“他们很想知道你们安不安全。

如果知道你们没有去找阿妮雅的父亲，大家都会松一口气的。”

“我父亲？”我心想，为什么我会想要找爸爸呢？应该是他来找我们呀！这是妈妈把我们从学校接走，带我们到“不像样宾馆”的时候告诉我们的。我们负责躲，爸爸负责找，我们要玩一场世界上游戏时间最长的捉迷藏。

“哦，格雷瓦尔教授，我想我们不应该再说其他的了。”奥黛丽小姐握着我的手说道。

“我会去和科隆诺斯团队协商一下，”威瑟斯先生清了清喉咙，说，“就是……看看我们还能做什么。”

我看到格雷瓦尔教授点了点头，而奥黛丽小姐则和他说了几句话，但我听不懂她说的话。我的心脏跳得太厉害了，我都不确定它现在是在我胸口，还是跳到我的脑子里去了。一定有什么不对劲儿。为什么所有人都以为我在找爸爸？记忆的片段闪现出来，黑西装阿姨的声音回荡在我脑海中。她那天在车里说了一些话——就是她把我和诺亚从“不像样宾馆”带走的那天。要是我能记得就好了！她说过……她说过我们现在很安全，她说现在没有人会再伤害我们了，因为爸爸……爸爸不可能找到我们……

突然间，回忆像汹涌的潮水涌向我。我想起那条新闻快讯；想起“谋杀案犯罪嫌疑人”这个词；想起那天警官摘下帽子，告诉我们妈妈已经走了；想起那天凯蒂在“不像样宾馆”里哭得那么伤心，把我的两边肩膀都弄湿了。我想起了不止一种噪声，而是所有、所有的噪声。我想起心脏裂成两半的声音，想起天空破裂的声音。我知道！我知道妈妈的心脏没有离开我们，因为它不愿意！它被人偷走了。时间老人终于不再戏弄我了，它把从我这里夺走的所有记忆都还给我了！

但现在，我不想要这些记忆。一点儿也不想要。有了记忆，我就知道妈妈的生命是被一个小偷偷走的，而这个小偷就是我的爸爸。

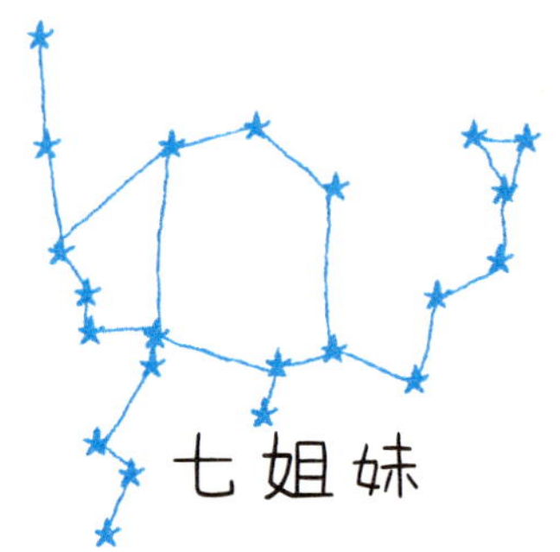

七姐妹

“妮雅……别哭了。”诺亚说道，他自己也哭了。他爬到了我的膝盖上，想抹去我的眼泪。

我听见会场里此起彼伏的啜泣声，还有小声向别人借纸巾的声音，好像所有人都心碎了。我不想再他们面前哭。我想自己一个人待着，我想去睡觉并且再也不醒来。但我停不下来，我的脸像在燃烧一样非常烫。

奥黛丽小姐擦去眼角的泪，围绕在我们身边的人们都安静了。我看见小本和特维斯也在擦眼泪，心里好奇他们是不是早就已经知道了。我想知道伊乌楚库阿姨知不知道——还有苏菲。如果他们早就知道真相，为什么不告诉我们呢？

“阿妮雅，”格雷瓦尔教授平静地说，“我们现在去看看你妈妈的星星，怎么样？作为一名星星猎手，我相信你肯定知道我们有一台世界上最大、最厉害的望远镜，就在旁边的房间里。”

我抬起头来看她，重燃起希望。“真的吗？”我用老虎袖子擦了擦眼泪，问，“那……诺亚、小本和特维斯可以一起去吗？”

格雷瓦尔教授笑着说：“当然可以！奥黛丽，你想和我们一起去吗？”

奥黛丽小姐笑了一下，站起来整理了一下裙子，伴随着几声“沙沙”响，她的裙子从盛开的花朵重新变成了一个小花蕾。她朝我伸出手。

特维斯和小本也猛地站了起来，站在我和诺亚身边。我们跟着格雷瓦尔教授、奥黛丽小姐和威瑟斯先生慢慢走出房间。那些穿得像企鹅的男士和闪闪发光的女士都站到一旁给我们让路，穿过走廊的时候，我感觉有几只手拍了拍我的背，还听到有人小声地说：“勇敢的女孩！”

我们来到舞台后面的一扇小门前，威瑟斯先生拿出一张卡，在一台机器旁“嘀”了一下，然后帮我们撑着门。这扇门后面是一条窄窄的走廊。格雷瓦尔教授和奥黛丽小姐都站在我身边，我们一起走过许多弯弯绕绕的走廊，最后终于来到一扇钢铁大门前，这扇钢铁大门简直就像银行里的安全门。门上有一块标志，上面写着几个金色的大字：大赤道望远镜，1893。

“我们到了。”格雷瓦尔教授笑着说。

威瑟斯先生握住门把，扭动，听到一声响亮的撞击声后推开了门。房间里的灯光闪烁了一下，然后亮了起来。

“阿妮雅，你先请。”格雷瓦尔教授小声说道，朝房间里点了一下头向我示意。

我往前迈了一步，踏上房间里红黑格子相间的瓷砖地板，这地板看起来像国际象棋的棋盘。我往前走，一下被眼前的景象惊呆了。一台我从未见过的最长、最闪亮的白色望远镜就出现在我面前，它像通往星空的阶梯一样往远处延伸。在它周围有无数从圆形屋顶垂下的白色金属线，就像一张巨大的网，纵横交错地将望远镜包围起来。

布里奇斯博士从口袋里掏出一把特别的红色钥匙，走到镶嵌在墙上的一个金属盒子前，打开盒子，把钥匙插进一个黄色大按钮旁边的小孔里。

"太奇妙了……"小本轻声感慨道。

此时，诺亚紧紧抓着我的手，特维斯也惊讶得张开了嘴。我们一动不动地看着眼前奇妙的景象。悬挂在空中的金属网开始移动，头顶的圆形屋顶缓缓打开，像一只慢慢睁开的巨大眼睛。

格雷瓦尔教授把这只眼睛完全打开后，坐在一张特别的椅子上，转动各种小齿轮、小把手，并旋转表盘，让望远镜转动并保持倾斜的角度，这样更方便找到妈妈的星星。

"这个，能帮上忙吗？"我突然想起来自己还有一张星图呢。

格雷瓦尔教授打开那张星图，现在已经是一团皱巴巴的纸了。她把星图放在明亮的灯光下，仔细地看。

"画得太好了，"她说。

奥黛丽小姐也拿起那张星图仔细看着。

"你从哪儿学会画这个的？"格雷瓦尔教授微笑着看我问道。

"从伊乌楚库阿姨家的窗户，"我说，"是朝屋子后面的窗户，不是前面的。"

"伊乌楚库阿姨？"格雷瓦尔教授问道。

"我们的养母。"特维斯往前迈一步，解释了一句，又退下去了，好像是在和一位将军说话似的。

“啊！”格雷瓦尔教授说道。她站起来，走向威瑟斯先生，悄悄和他说了几句话。

威瑟斯先生的手指在一台大电脑的键盘上忙碌着。我们头顶上的巨型望远镜镜头向左移、向下移、向上移，又向下移。

最后，威瑟斯先生终于说：“啊哈！”

“好了，”格雷瓦尔教授说，“过来看看，阿妮雅。”

为了更方便我看，布里吉斯教授把我抱到座位上，告诉我应该把眼睛放哪里。刚开始的几秒钟，我的视线里黑漆漆的什么也看不见，但很快我就看到她了——一团炽烈的发着蓝白色光的火球。

我的眼睛用力抵住目镜，低声说：“哈喽，妈妈！”在那一秒钟，星星突然变得更明亮了，好像它听到了我说话，在回应我似的。

“我想看看妈妈！”诺亚拉了一下我的老虎尾巴，小声地说道。

格雷瓦尔教授把他抱到我的大腿上，让他也从望远镜看。一开始，诺亚一直在问：“在哪里？在哪里？”过了一会儿，他才终于看到了妈妈，他朝妈妈招招手，然后给了她一个大大的飞吻。

“她要去哪里？”我问道。我想起新闻里说她一直在太空中穿梭，不知道妈妈这样违反物理定律是不是想找一个很特别的地方定居呢。

“我们来看看，好吗？”威瑟斯先生说着，转动转盘，将望远镜往旁边移动了几毫米。他先检查了一下，看看有没有达到他理想的观测效果，然后他让出了位置，让我再看一眼。

“你能不能看到由特别亮的蓝色星星组成的形状？”他问道，“像猎户座的腰带，但是比那更长，而且不止三颗星星，是由四颗星星组合起来的——有点儿像一条摇摆的尾巴？”

我点点头，这望远镜真是太大、太厉害了，我能把所有图案看得清清楚楚，甚至不需要自己去想象！

“在那四颗闪亮的星星下面，你能看到还有三颗星星在一闪一闪地发着光吗，像一个吊钩？”

我又点了点头，眼睛都不敢眨。我不想错过一点儿眼前这壮丽的风景。

“刚才那七颗星星组成了一个特别的组合，叫昴宿星团，也叫七姐妹星团，”威瑟斯先生解释道，“因为距离地球最近，所以她们是全宇宙最闪亮、最出名的仙女。她们从古时候起就在天上俯视我们啦！据说，她们中的每一颗，都比太阳亮一百倍。”

“真的吗？”我问道。

“哇哦！不可能吧！”小本惊讶地大喊。

“为、为什么叫她们七姐妹呢？”特维斯说着，挤到望远镜旁边。

“也许奥黛丽小姐可以告诉你原因？”格雷瓦尔教授笑着说道。

“好吧，这个问题我确实知道答案，毕竟我在电影里还演过其中一个姐妹呢。”奥黛丽小姐说着，揉了揉诺亚的头发，还捏了一下我的肩膀，“你们知道吗，传说中，七姐妹原本是地球上的七个绝世美人，她们最喜欢在夜空下舞蹈了。但是有一天，一个叫俄里翁的猎人想要把她们都带走，他追着她们跑啊跑，跑啊跑。他追了整整七年。这当然让七姐妹感到又害怕又疲倦。最后，天空和雷电之神宙斯决定把她们藏起来，让俄里翁永远找不到。就这样，七姐妹变成了天上的星星！”

“哇哦！”小本又赞叹道。

“宙斯不仅做了这一件事呢，”奥黛丽小姐笑着说，“他把俄里翁也变成了星座，放在天空的另一端，让他永远、永远见不到七姐妹，这样她们就安全了！”

“太、太好了！”特维斯愤愤不平地说道。

“好了，为什么我们要给阿妮雅看这个星团呢？”格雷瓦尔教授说道，“因为……”她卖了个关子。

这时，我们听到从远处传来了哭泣声、脚步声和呼喊声。小本和特维斯看着我，眼睛里写满了害怕和意外。

“你们在这儿！”一个声音大喊道，同时，望远镜房间的门“哗”的一声打开了。

“妈妈！”小本和特维斯同时大喊一声。伊乌楚库阿姨跑了进来，径直冲到我们身边，一边哭着拥抱我们，一边抚摸我们的脸。苏菲跟在她身后，走了进来，但她的脸很红，看起来很尴尬，而且不断回头看弗兰克和他身边那两位拿着头盔的警官。

小本向伊乌楚库阿姨道歉，特维斯点了点头，诺亚看起来又害怕又高兴。奥黛丽小姐则和每一个人都握了手。我看着眼前发生的这一切，身体却完全无法动弹，也无法开口说话。我感觉自己被时间冻住了，只能像个局外人一样看着大家移动、说话。

“你怎么这么快就过来了？”小本紧紧地抱着伊乌楚库阿姨问道。他抱得太用力了，伊乌楚库阿姨不得不把他的手松开，告诉他自己没法儿呼吸了。

“我们早就和警察到伦敦了。”伊乌楚库阿姨激动地说，她的脸上满是晶莹的泪水，看起来就像一块滑冰场。“今天早上，我们一听说你们到了维多利亚车站就赶过来了，但是警察把你们跟丢了！然后有一个女人说看到你们往格林尼治步道去了，但我们又来晚了一步！”

“哦！那个卖冰、冰激凌的阿、阿姨！”特维斯高兴地说。

“不过这也是件好事，不然我肯定会非常、非常生气的。”伊乌楚库阿姨说着，摇了摇头，然后转过头来看着我，“好了，这都是为了那颗星星，对吗？”

所有人都在看着我，但我只能低头看着地板。我心里有一股火红又炽烈的东西在生长，我必须把它释放出来。它让我太痛了。

我抬起头来看伊乌楚库阿姨，问：“你知道……我爸爸的事吗？还有他做的那些事？”

我听见奥黛丽小姐吸了一下鼻子，诺亚疑惑地看着我，而小本和特维斯则看起来非常忧虑。伊乌楚库阿姨什么也没有说，只是走过来牵起我的手。

“是的，阿妮雅，我知道。因为这是我的工作，我必须知道，也必须保护你。”

我看到伊乌楚库阿姨的眼里满是泪水，奥黛丽小姐也是。

“伊阿姨让我们保证绝对不能告诉你，”小本静静地说着，也走到了我的面前，“但那是因为我们本来就不应该跟你说这些可能会伤害到你的事，而且我们也怕说错话，不是因为我们想骗你或瞒着你什么。”

特维斯快速地点点头，然后透过长长的刘海偷看我。

滚烫灼热的泪水又开始让我的眼睛感到刺痛了，它们滑落到我的脸颊上。我感觉所有人都在欺骗我。

“我知道你很难记起所有的事，亲爱的，”伊乌楚库阿姨说着，更用力地握住我的手，“我也知道你肯定会觉得很迷茫，很不公平，但你要记住，我们都是来帮你的，好吗？"

所有人都朝我点头，诺亚抱着我的胳膊，他脸上的泪水把我的衣袖都弄湿了。

"哦，阿妮雅！很对不起！"格雷瓦尔教授说道。她的脸湿润了，眼妆也开始花了，这样的她看起来有点儿像熊猫。

我也朝大家点点头，努力想忍住眼泪，但它怎么也不肯停下。我张开嘴，想告诉大家我没事。因为我知道妈妈的心脏很坚强，她没有把我们弄丢，并且永远不会离开我们。我想告诉大家我觉得自己很幸运，因为我看到了她的心脏在天空燃烧的样子。可是，我不仅一个字也说不出来，还发出了一声长长的哭号。

伊乌楚库阿姨把我拉进她的怀里，紧紧抱着我，不让我把她推开，而奥黛丽小姐则从背后抱住了我。

"这些都不是你的错，阿妮雅。"伊乌楚库阿姨在我耳边对我说道。她抚摸着我的头发，然后悲伤地长叹一口气，说："你的妈妈很爱你，你也很爱你的妈妈，这就够了。"

我又张了张嘴，我想跟她说，这样不够。因为我没能救她。没有人救她！可是，我的喉咙又发出了一声哭号，然后就再也没有声音了。

大概过了很久，我眼里的灼热感已经散去了。我的手臂一直夹在伊乌楚库阿姨胳膊下，忽然感觉有人握住了我的手指。一开始，我以为那是诺亚，因为除了妈妈和诺亚，还没有人握过我的手，但是当我低下头去看时，我发现那只手白白净净的，还有雀斑。

我抬起头，看向伊乌楚库阿姨的肩膀后面，顿时感到非常惊讶。站在我面前的竟然是苏菲。她的眼睛也红透了，还湿哒哒的。

"给你，"她把我的小银锁递给我，"对不起，我把它抢走了。"

我松开伊乌楚库阿姨，看着手心里的小银锁。重新拥有它的感觉可真奇怪，尤其是现在我知道爸爸是一个小偷之后。感觉已经变了。我知道自己不可能再戴上它了，但我也知道我很想把它留下，因为这也是妈妈送给我的。

就在这时，弗兰克走进了房间，用手撑着门，说："大家都准备好了，出发吧！"

窗外的星星

“大家真的准备好了吗？”格雷瓦尔教授问道。她的熊猫眼比刚才更严重了。

弗兰克点点头。“一切准备就绪，就等着奥黛丽小姐开场了！”

格雷瓦尔教授把我从望远镜的座位上扶下来，给了我一个大大的拥抱，她抱得好紧，我都无法呼吸了。“阿妮雅，我觉得你是一个非常特别的姑娘，你的妈妈一定更加非凡，才能把你抚养得这么好。”

我点点头，但我只能承认妈妈很特别，我一点儿也不特别。

“正因为你的妈妈如此特别，你又这么与众不同，而诺亚也非同一般……”格雷瓦尔教授看着诺亚，捏了一下他的脸，“算了，走吧……待会儿你就知道了！”

奥黛丽小姐朝我伸出手臂，我也用手臂将她的手环住。格雷瓦尔教授牵起诺亚，小本、特维斯、苏菲、伊乌楚库阿姨，还有威瑟斯先生，跟着我们一起走了出去。

“放轻松。”弗兰克说着。他帮我们所有人撑住门，还朝我抛了一个飞眼。

特维斯、小本和格雷瓦尔教授都过来扶着我往前跳，我们又从刚才的走廊往回走，回到刚才的房间，那里面有大舞台、电影屏幕和餐桌，餐桌旁坐着好多戴着珠宝和穿着企鹅衣服的人。房间门一打开，几百台照相机就开始“咔嚓、咔嚓”地拍照，闪光灯“啪嚓、啪嚓”地响，胶卷也不断发出“嗖嗖”的声音。格雷瓦尔教授和威瑟斯先生把我们带到最靠近舞台的几张椅子前，这时，从远处不知道什么地方传来了人们鼓掌和欢呼声：“太棒啦！”

“开始啦！”奥黛丽小姐小声说完，走上了舞台。

大家都热情地欢呼着，然后慢慢安静下来。

“女士们、先生们，”奥黛丽小姐说，“感谢大家耐心等候，也感谢电视屏幕前观看现场直播的观众，谢谢你们的等待！”

奥黛丽小姐停下来朝房间里的一台大摄影机挥手，还抛了个飞眼。

“今夜，我们会场的氛围就像此刻在天际翱翔的那颗恒星一样特别、一样无与伦比、一样令人惊奇！接下来，我很高兴能为大家宣布新恒星的名字！”

舞台上的屏幕原本是黑色的，现在亮了起来，弹出几个字：科隆诺斯企业 & 格林尼治皇家天文台荣耀呈现……

“请来点儿鼓声！”奥黛丽小姐大喊道，会场马上响起了鼓声。“现在，为了纪念一位非常特别的母亲，也为了她留下的两位小宝贝——他们现在就在我们会场——科隆诺斯集团和格林尼治皇家天文台同意将新恒星的名字定为……”奥黛丽小姐迈开步子走到舞台的一侧，抬起手指着身后的屏幕。四个闪闪发光的金色大字出现在了屏幕上：

伊莎贝拉

我们身后爆发出热烈的掌声。小本和特维斯从椅子上猛地跳起来，开始欢呼，还激动地对着空气打拳。苏菲拥抱了诺亚，但诺亚把她推开了。格雷瓦尔教授紧紧抓着伊乌楚库阿姨的手，把她的手指关节都握得发白了。

“但……这还不是结束！”奥黛丽小姐伸出双手，在空中做了个“收”的动作，像指挥家一样让大家都安静下来，“感谢天文台的‘星星猎手’们，有了他们，我们现在才能够将‘伊莎贝拉’在太阳系飞行的画面直播呈现给大家。”

刚才那个显示着妈妈名字的屏幕又变成了黑色。不过这一次，在一片黑暗中，还有一个小小的白点。

威瑟斯先生跑上舞台，指了一下那个白点。“这一颗，就是我们的恒星，伊莎贝拉，”他拿着麦克风，低头看着我，对我微笑着介绍道，“如果控制室的各位能听到我的声音，请将镜头拉远，让我们看看她前进的方向。”

屏幕看起来像在“嗖嗖”地往后倒退，妈妈的星星变得越来越小、越来越小、越来越小，直到她身边出现和她一样的白色小点。

威瑟斯先生伸出手指，点着妈妈的星星所在的位置，然后快步穿过整个舞台，手指在屏幕上比画出一条直线，终点就落在右上角的七个小点组成的图案处。

“看起来，伊莎贝拉将径直前往昴宿星团，”威瑟斯先生解释道，“昴宿星团包括七姐妹星、她们的父亲阿特拉斯[1]和母亲普勒俄涅[2]。我们希望她能在那里找到最好的归宿！”

房间里的每一个人都开始鼓掌，格雷瓦尔教授握了一下我的手臂。我盯着屏幕，也盯着妈妈将要前往的那几个小点，我太激动了，甚至感到有点儿头疼。妈妈永远不会寂寞了！前方有一个大家族在等着她，就像伊乌楚库阿姨的家也在等着我和诺亚一样。她也要去寄宿家庭了，就和我一样，她也会成为别人的干姐姐。

那天之后的第二天、第三天和第四天，各大报纸和各个电视频道对妈妈的星星进行了报道。而我则不得不在医院住了两天，医生说我脚踝附近的什么东西拉伤了，需要好好处理一下，不能再走路了。但我不介意，因为小本和特维斯帮我把所有的报纸都买回来了，而伊乌楚库阿姨则给我买了一本大本子，让我把报纸上所有关于妈妈的报道和照片都剪下来，贴在本子里永远珍藏。

格雷瓦尔教授和威瑟斯先生没有来看我，但他们给我寄了一份非常特别的包裹。这是我见过的最大、最大的包裹了，伊乌楚库阿姨帮我收起来了，放在她家里，说等我出院了再打开，作为庆祝我康复的礼物。我才刚走进家门，还在走廊上跳着往里走呢，特维斯和小本就跑着去把包裹拿了出来，放在我面前的咖

[1] 肩天巨人，希腊神话中泰坦神之一，因反抗宙斯失败，被罚在世界最西用头和手顶住天。

[2] 希腊神话中代表牧群增多的女神，阿特拉斯的妻子。

啡桌上。

"快呀！"小本一边说，一边拦着诺亚想要拆包裹的手，"除非——你想让我帮你拆？"

我摇摇头。

"好啦，小本！让她自己打开！"苏菲也走到客厅里来，坐在我对面的沙发上，"她是脚受伤，又不是手！"

小本耸了耸肩。大家都凑过来看着我。

"等一下！等一下！"伊乌楚库阿姨大喊着，手里拿着照相机跑了过来，"好了！现在，开始！"她站在苏菲身边，举起照相机，指挥着。我先上手去拆，然后连牙齿都用上了，伊乌楚库阿姨则一直在按快门，开闪光灯拍我。

"哇哦！"小本惊呼一声。

包裹里是一颗塑料膜包成的大球。

"这只是包、包装！"特维斯摇摇头，叹了一口气。

我把塑料膜拆开，里面有一只金色的信封，还有一个方形的黑色小盒子。

"那是科隆诺斯的盒子！"小本指着盒子大喊，然后兴奋地原地跳了起来，激动地抓着自己的头发，"是手表！肯定是手表！啊，我的天啊！"

"阿妮雅，不如你先看看那张卡片吧？"伊乌楚库阿姨笑着说，"我想卡片里一定有说明的。"

我点点头，拿起信封，取出里面的小卡片。卡片上写着：

亲爱的阿妮雅：

随函附上来自科隆诺斯手表品牌赠送的礼物。这是一只为了庆祝科隆诺斯企业诞生250周年而打造的、具有独特意义的手工制作手表。这份礼物新增了带有你妈妈的名字的设计，这是由奥黛丽·塔哈尼亚小姐设计并赠送的，也代表了她对你的爱。

我们相信你一定会尽快来探望我们的，希望你能多跟我们说说你在成为星星猎手的路上都取得了哪些进步！我们衷心地祝愿你、诺亚、特维斯和小本的生活都充满希望、光明和美好的星尘。

此致！

婕斯敏·格雷瓦尔教授与艾利克斯·威瑟斯先生

我放下卡片，拿起黑色小盒子。诺亚和小本都从后面压着我的背，探出头来看。“咔嗒”一声，盒子打开了，我们都低下头去欣赏。没有人发出声音，没有鼓掌，没有惊叹，也没有人去拿出来。因为它实在太美丽了，我们都不敢触碰，只能这样远远地凝视、观赏。

盒子里装着的，就是我们在“银河系最盛大的比赛”那个网站上看到的那只手表。表盘上有着和图片一模一样的银色数字，一样的银色流星分针和弯月形的时针，表盘中间有小小金色字体——“Kronos250”。但是，分布在海蓝色表盘上的星星并不像网上的图片那样随机，而是组成了“伊莎贝拉”的英文拼写。

我拿起手表，笑了。现在，妈妈的名字将永远留在我的手腕上，而诺亚和我也有了两个兄弟和一个姐姐，我们找到了新的家人。而最棒的是，妈妈的星星也找到了新的归宿，就在我的窗户外面，只要我需要她，我就能找到她。在那里，她能永远看到我们所有人。所以，当伊乌楚库阿姨再次举起照相机准备拍照时，我抬起头来直视着那个闪亮的圆镜头，露出我最灿烂的笑容。因为我知道，我已经拥有我需要的一切了，我是地球上最幸运的星星猎手。

附

祝贺你成为女性历史的创造者

你知道吗？只要阅读、购买或借阅这本书，你就能成为女性历史的创造者！

女性历史的创造者是一群很特殊的人：他们能帮助保护和解救生活在暴力家庭中的妇女和儿童（就像阿妮雅、诺亚以及他们的妈妈），因为没有人生来就应该承受暴力。

只要支持这本书，你就能改善他们的人生，因为本书作者会将收到的部分版税捐赠给“创造女性历史基金会”。该基金会会帮助遭受过暴力的幸存者——无论是大人还是小孩——让他们明白自己的权利，告诉他们该去哪里寻求帮助，为他们提供能够保障人身安全的用品。因此,感谢你的加入,感谢你和我们一起努力,让这个世界变得更安全。

什么是家庭暴力

在这个故事中,阿妮雅、诺亚、小本和特维斯都目睹过,或以别的方式经历过家庭暴力。

“家庭暴力”是指一方伤害、控制或恐吓另一方的行为。施暴者会采取多种方式去伤害另一方。他们可能会使用肢体暴力,也可能会通过语言给他人造成伤害或带去恐惧,还可能有意让他人感到困惑,自认愚蠢或失去自信。许多施暴者往往会通过断绝受害者与朋友、家人的联系,或限制其经济来源来控制受害人。

对他人造成伤害或试图控制他人,都是违反法律规定的,任何人(无论年龄大小)都不应该忍受这样的生活。

关于人类计算机的现状与问题

阿妮雅的故事或许会引起读者的思考。如果你想知道是什么导致了这本书的诞生,你可以请家长、老师或其他可靠的大人和你一起浏览 makingherstory.org.uk 这个网站,在这里,你会发现一些值得探讨的现状和问题。

故事中的星星们

在每一章的开头(以及最后一章的结尾处)都有一张星系照片。这些星系是非常特殊的,因为就像阿妮雅所说,它们都有自己的

故事。

下面是在每一章中出现的星系名字。我们希望你能去挖掘它们背后的故事，发现它们和阿妮雅这场大冒险之间的联系。

狮子座和小狮座	圆规座
天琴座	双子座
天鹅座	天鸽座
金牛座	海豚座
天箭座	波江座
时钟座	船尾座
天兔座	猎户座
御夫座	盾牌座
长蛇座	北冕座
天蝎座	天秤座和处女座
雕具座	蛇夫座
双鱼座	昴宿星团

致谢

这个故事从提出概念到成型，再到最终出版，是我经历过的最困难的挑战之一。如果不是以下朋友给我帮助和支持，我绝对没办法走到现在。因此，尽管我认为文字不足以表达我的感谢，我还是想在此向他们一一致谢。

感谢我最坚实的后盾——我的妈妈和扎克。感谢你们在我像咕噜[1]一样躲起来绞尽脑汁地写作时给我无尽的包容；当我挣扎着跨越内心的魔多[2]时，是你们为我提供一日三餐，让我终于回

[1] 原名史麦戈（Sméagol），英国作家约翰·罗纳德·瑞尔·托尔金的小说《魔戒》中的主要角色之一，长期居住在洞穴中。

[2]《魔戒》中黑暗魔君索伦的领地，终年不见日光，一派荒凉。

到了亲爱的夏尔郡[1]。(这个比喻原本看来比较滑稽，但它太真实了，简直就是我内心痛苦的写照，并且我的脚也和咕噜一样很多毛！）我对你们的感恩之情无法言表。还有扎克，我太、太、太感谢你了，谢谢你帮我回忆起在《狮子王》中木法沙对辛巴说的那些金玉良言。我们小时候看了那么多迪士尼动画片，现在终于能派上用场了！

感谢我那披着文学铠甲的骑士，你是连詹姆士·邦德见了也要喝一杯马丁尼酒的美女特工——西尔维亚·莫尔蒂尼。我至今都想不到用什么词能描述你对我生命的影响力之大。我对你带给我的一切感到敬畏，只希望有一天你能知道，你的信念给我以及塑造了我的这个世界带来了无与伦比的影响。感谢你懂我，照顾我，带我走出过去一年的迷茫。如果没有你，我一定会迷失自己。

这本书的诞生离不开一个人——丽娜·麦考利，编辑中的佼佼者。你是所有编辑中最棒的！最棒的！你像产房里最好的产婆，是你紧紧握住我的手，沉稳地呼吸着，是你向我点头，给我鼓励，是你站在我身后对我耳语，我才能完成这一项无比艰巨的任务，让这本书面世。我简直不敢相信自己做到了，不敢相信这是我写的第二本基于真实生活案例的书。你是这本书的另一位父母，我和它都知道，当它诞生的时候，世界上没有什么比它更美好的了。

[1]《魔戒》中霍比特人的故乡，是一个世外桃源般的恬静之地。

要说我对你的感激之情，就算从我的心底说到天上的星星也说不完。感谢你的冷静与耐心，感谢你给我足够的空间，让我完成这个故事。它诞生了！我们做到了！真的做到了！

皮帕·柯尼克，我确信你拥有一支魔法画笔。感谢你又一次用自己独到的眼光和创造力为我的故事设计了美丽的封面。你的才华总是让我拍案叫绝。还有艾玛·罗伯茨、艾莉森·帕德利和苏菲，感谢你们参与到故事的编辑中来，让它变得更紧凑；感谢你们用自己的慧眼一次次为这本书打样、修改设计和编辑。

感谢我的首席艺术大师——多米尼克·金斯顿，感谢你的辛勤付出，你的专注和强大的业务能力让处理公共关系变得更简单。感谢你和我的阿谢特家族成员——贝西·曼塞尔、艾米莉·托马斯、菲奥娜·埃文斯以及露西·克莱顿（加上现在的詹姆士·麦克帕兰德），正因有你们强大的支持，我才能平安度过一路上的风风雨雨，最终成为一名真正的“作家”。我感到无比幸运。我欠你们太多了。还有海伦·托马斯和露丝·史密斯，感谢你们当我的稳定剂，我要请你们喝一辈子的茶，还要请你们坐至少三千次旋转木马。

感谢阿努什·卡汗，我的好朋友，一位临床心理学家，她一直不遗余力地帮助小家伙们面对各种我们无法想象的残酷现实。感谢你冷静的建议和暖心的帮助，让我切实地了解那些与苦难同行的孩子们内心的困惑、心碎和沮丧。我衷心地感谢你将安娜·弗洛伊德中心的大卫·特里克和凯瑟琳·莫那引荐给我，这二位在我编写这个故事的过程中，非常善良地为我花费了很多时间，为我提供了许多专业意见。世界上还有许多孩子需要爱与支持，你们的工作对这个世界非常重要，我真心希望你们能越来越好，越走越远。

感谢格林尼治皇家天文台各位热心的志愿者、安保人员和天文学家，感谢你们忍受我的各种问题，尽管它们听起来让人非常担心（什么闯进会场啦，有松鼠啦，还有恒星穿越大气层啦）！我尤其要感谢梅根·索利，谢谢她让我挤进了一场星空秀，哪怕门票已经卖光了。还有志愿者格雷，他让我按了大赤道望远镜上的按钮，这可是我人生的精彩时刻。还有科斯蒂·舍柏、谢丽尔·特威格、布伦丹·欧文斯、伊丽莎白·鲍尔斯以及詹姆士·吉尔，感谢你们行动如此迅速，让我们的旅程进行得愉快而顺利。

感谢所有支持“创造女性历史”的美好的人，感谢你们支持我们消除针对女性的任何形式的暴力，你们点亮了我的世界。里莫纳·艾丽——你就是我的心跳。米奇和桑迪·杨森——你们铺平了我的道路。卢萨·恩森加·恩戈伊——你是平静的暴风眼。多琳·塞缪尔——你是最富有同情心的人。伊丽莎白·格雷莱——你为了我们协会从伦敦骑行到巴黎，我永远不会忘记这件事。亚丝敏·伊沙克——你是动员界所向披靡的皇后，是我们的核心战士。乔德·哈比卜——谢谢你提出我故事中的疑点。亚历山德拉·巴克——是你搭建起我们和保罗·哈姆林基金会的桥梁。卡伦·英格拉－史密斯和NIA计划[1]——你们拯救生命的工作激励了我，请你们一定要坚持下去。萨蒂格·格雷瓦尔和艾利克斯·托马斯——也就是书中的格雷瓦尔教授和艾利克斯·威瑟斯，谢谢你们成为我的希望之花。还有拉比亚·巴尔卡图拉——你们都是“创造女性历史”基金会不朽的守卫者。纳迪亚·阿布尤布——谢谢你从一开始支持我到最后。塞尔玛·阿夫西和图尔盖·奥兹坎——你们是我在每一场战斗中的灵魂伴侣！阿莎·阿卜迪拉希——你是深受喜爱的助威者。苏格拉·艾哈迈德——你是我的试金石！皮亚·穆奇——坚持到最后的战士。沙斯塔·奇斯特——你总有很多奇思妙想。阿依莎·马利克——极具权威性的作家和我一生的灵感来源。苏米雅·赫姆西——守护了众多幸存者的勇猛战士。朱莉·西迪奇——FFFL－终身女权主义者。霍梅拉·苏菲·汗和阿蒂夫·巴特——我的首席治疗师。罗斯·桑德斯——最忠实的女性历史创造者。约翰·克劳福德和维多利亚·戴克——我的宝贝教父母。卡米拉、伊珊、扎希尔、伊娜拉和瑞安——我的心灵治愈师。还有世界上每一位为妇女、儿童挺身而出的女性历史创造者们——如果不是有你们，我不可能走到今天。

在这本书的结尾，我必须提到一个人，她的生命——和死亡——颠覆了我的整个世界。她就是玛穆塔西娜·鲁玛·詹娜特。关于我的阿姨鲁玛，有三件事我必须要告诉大家。首先，她做的

[1] 美国的一个宣传组织，该组织使用法律来帮助青少年以及暴力犯罪的受害者。

焦糖鸡蛋布丁是全世界最好吃的。其次，她很少笑，但她的笑容会让你也发自内心地笑出来。最后，在这个世界上，她最爱的就是她那两个美丽的女儿。这些都是事实，也正因为她留下的这些美好回忆，我至今无法相信她的生命竟然被一个不允许她追求自由的男人夺走了。她当时只有二十九岁。我在创作这部作品的时候，脑海里一直浮现出阿姨的身影，还有她这一生遭遇的不公正。如今，我只能想象，如果我的阿姨能活着看到这本书，她一定会朝我微笑着点头，然后给我一个肯定的拥抱。

所有正在遭遇家庭暴力的妇女和孩子们，请一定要记住，你们并不是独自在战斗，世界上还有很多善良的人们，他们正不遗余力地去改变统治这个世界的那些不公正的法律和法制系统。我希望你们有一天能够找到通往安全和自由的道路，也希望我们所有人——无论男性还是女性——都不再受到各种形式的暴力的伤害。

我想对每一位帮助无辜儿童走出困境的养父母说：你们真的非常棒。我尤其要把浓浓的爱意和谢意送给我的新阿姨和姨父——萨比娅·贝甘和阿福索瑞尔·伊斯兰，感谢你们的出现和努力，感谢你们在我的家族遭遇危机时挺身而出，像爱自己的女儿一样爱我的一对外甥女。你们是最理想的养父母，你们治愈了我们的世界。感谢你们全心全意地爱玛伊莎和卡西法。

我想对每一位还在寻找关爱和家庭的寄养儿童说：祝愿你们尽快收获关爱和幸福的家庭，希望你们能够找到爱你们原本的样子的人，无论你长得多高。

最后，我要向上帝表达内心最诚挚的感谢，感谢她／他送给我的每一分钟，感谢她／他送给我的每一个故事。